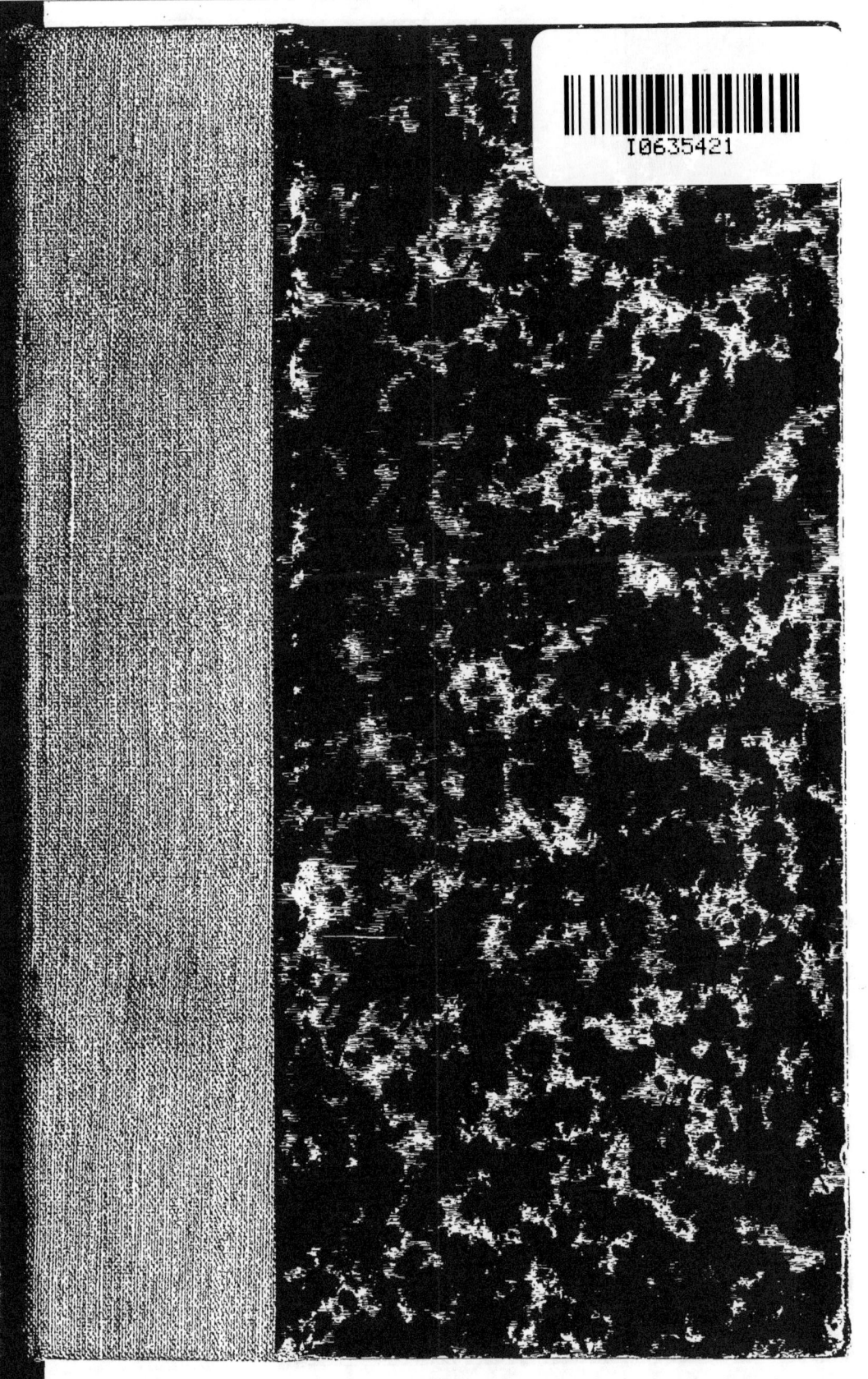

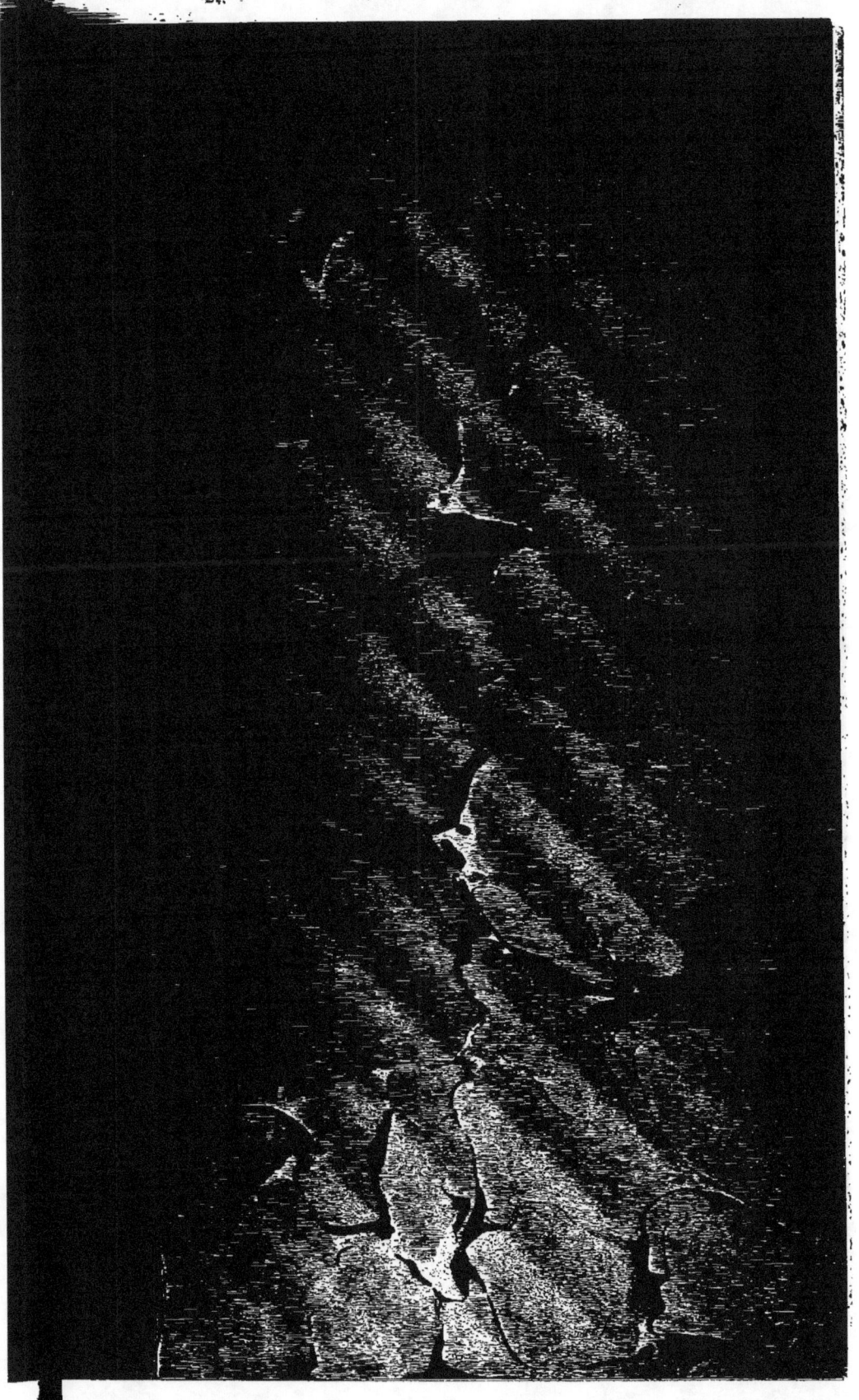

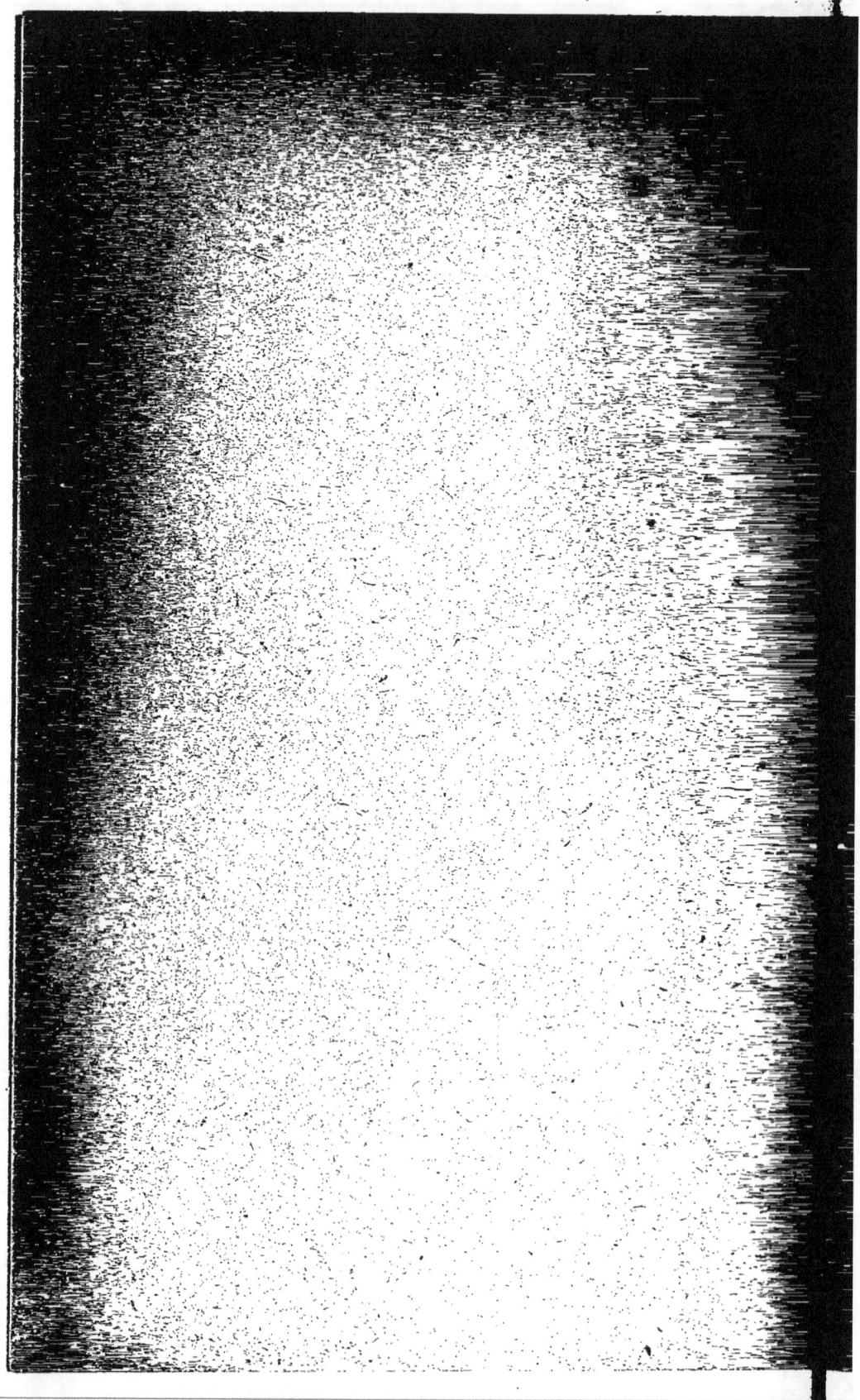

1742

PALMYRE VEULARD

DU MÊME AUTEUR

A PROPOS DE L'ASSOMMOIR, une brochure de 100 pages.

LES ALLEMANDS A PARIS, 1 vol.

EN PRÉPARATION

CÔTE A CÔTE, roman parisien.

NOTES SUR L'ALLEMAGNE.

LES ÉCRIVAINS DE L'ITALIE CONTEMPORAINE.

F. Aureau. — Imprimerie de Lagny.

PALMYRE

VEULARD

PAR

ÉDOUARD ROD

PARIS

E. DENTU, ÉDITEUR

LIBRAIRE DE LA SOCIÉTÉ DES GENS DE LETTRES

PALAIS-ROYAL, 15-17-19, GALERIE D'ORLÉANS

1881

A

ÉMILE ZOLA

ÉDOUARD ·ROD.

Paris, Février 1881,

PALMYRE VEULARD

I

Van Sighem avait déjà parlé des théâtres, d'un concert à bénéfice et du temps qu'il faisait. Son stock de conversation était épuisé. Néanmoins, il parvint encore à raconter comment il venait de perdre cinquante louis aux courses de Nice, en jouant sur Boulotte et sur Triboulet.

— A ce qu'il paraît, dit-il, Triboulet est arrivé beau dernier; quant à Boulotte, elle a démonté son jockey.

Comme Palmyre, un peu moqueuse, lui apprenait que ces deux chevaux n'avaient jamais eu la moindre chance, il reprit :

1

— C'est Lilas, des écuries Blamont, qui a gagné.

D'un ton de parfaite indifférence, elle répéta :

— Ah ! vraiment, c'est Lilas !

Et tous deux restèrent silencieux dans la pénombre du salon. Dehors, à intervalles réguliers, le chemin de fer de Passy passait avec un sifflet aigu, et son houloulement résonnait dans le calme du boulevard presque solitaire. Palmyre, les regards perdus dans le vague, avait évidemment certain souci. Van Sighem, trouvant ce silence gênant, cherchait un thème à banalités. Mais comme il n'avait qu'une seule pensée, — — une pensée qu'il n'osait exprimer, — il ne trouvait rien ; et, malgré lui, il perdait son temps à rouler dans sa tête des projets vagues et des souvenirs.

La première fois qu'il avait vu Palmyre, c'était à l'Opéra, où l'on donnait *Faust*. Il y était venu après un dîner délicat, en compagnie de deux crevés du *high-life* dont la conversation roulait exclusivement sur les femmes. La digestion, la musique, les décors, les histoires égrillardes, tout cela lui troublait un peu le cerveau. D'abord, il n'eut point une vue nette des choses qui se passaient autour de lui : les têtes des spectateurs dansèrent à ses yeux et se confondirent avec le corps de ballet, les dorures des galeries avec les grosses couleurs des décors. Néanmoins, comme Bosquin et madame Miolan-Carvalho attaquaient leur duo :

Laisse-moi contempler ton visage...

il remarqua Palmyre. Elle était appuyée au balcon d'une avant-scène. Sous les flots de lumière roulant dans la salle, sa chevelure d'un blond ardent avait des reflets de flammes. Les traits accentués, presque durs de son visage s'adoucissaient en se détachant sur le fond incertain de l'air rutilant de vapeurs. Ses moindres mouvements étaient d'une souplesse féline, pleine de séductions. Comme ses regards rencontraient toujours cette tête entre toutes les têtes, Van Sighem se mit à questionner ses compagnons. Ceux-ci, heureux d'étourdir un peu sa naïveté provinciale, lui prodiguèrent les détails vrais ou faux sur Palmyre et sur son amant, Gabriel Métivier. Après le spectacle, tous allèrent souper au Café Anglais, avec des femmes.

Là, comme on le raillait sur sa passion naissante, Van Sighem, très excité, paria qu'il aurait Palmyre ; puis il emmena une Italienne qui lui ressemblait un peu.

Or, depuis quinze jours, ayant réussi à se lier avec Métivier, il lui rendait de fréquentes visites ; mais jamais encore il ne s'était trouvé seul avec sa maîtresse. Deux ou trois fois, il avait essayé d'écrire, et couché sur le papier quelques-unes de ces phrases qui semblent toujours empruntées au « *Parfait Secrétaire* » : une certaine crainte l'avait empêché d'expédier ses lettres. A cette heure, une occasion unique se présentait : il pouvait parler, elle l'écouterait peut-être... Et la timidité du provincial devant la Parisienne le clouait, muet, sur sa causeuse ; et, désespérant de savoir parler ou agir, persuadé du reste qu'elle avait oublié sa présence dans une rêverie, il se mit à la contempler et à l'analyser. Elle était évidemment obsédée par une pensée secrète ; quelle pouvait être cette pensée ? Une peine, un désir, un souci ?... De l'amour peut-être?... Non ; ses yeux clairs, brillant de ce bleu froid des anciennes faïences, ses yeux fascinateurs et indifférents comme des yeux de vipère ne trahissaient pas l'amour... Cependant, Métivier se disait heureux. Il la croyait fidèle. Elle l'était peut-être... Alors, par intérêt; car elle ne l'aimait pas, elle ne pouvait l'aimer... Mais l'intérêt, pour les femmes comme elle, n'est point de savourer la fortune, même immense, d'un seul homme : c'est d'entraîner à leur suite une foule en rut, de dévorer les monceaux d'or entassés à leurs pieds par la concupiscence universelle, de vider ceux qui s'approchent d'elles et de conserver, de toutes les passions excitées et satisfaites, quelques cartes qui en font venir d'autres, — d'autres sans cesse... Et leur gloire est d'engloutir sans lassitude, indistinctement, les héritages des fils des preux et ceux entassés par des générations laborieuses de bourgeois économes...

Alors Van Sighem, effrayé en songeant à l'envolée des louis paternels, si Palmyre consentait à souffler dessus, se mit à regarder autour de lui, supputant ce qu'elle pouvait coûter. L'ameublement du salon, banal, incomplet, point en rapport avec la fortune de Métivier, ne lui apprit rien. A vrai dire, une table de laque japonaise, au milieu de la pièce, aux grands émaux du seizième siècle, pièces uniques, éveillaient l'idée de quelque appétit de vrai luxe; dans un coin, un petit secrétaire Renaissance, à in-

crustations d'ivoire, œuvre de quelque artiste
italien de la Renaissance, étonnait par sa per-
fection. Mais le tapis était maigre, les tentures
des portes d'un goût déplorable et d'un bon
marché trop évident. En revanche, la cheminée
était garnie de vieilles dentelles espagnoles, à
fines découpures, à dessins compliqués d'arabesques. Trois affreux tableaux, copies de copies,
pastiches d'un rapin par un barbouilleur, éclataient dans de lourds cadres dorés. Le Hollandais remarqua surtout une Madeleine péni-
tente, comme aplatie sur une tête de mort, et
dont la chair, de tons faux rose, se détachait
sur un fond baroque, terre de Sienne brûlée.
Moitié machinalement, moitié dans l'espoir de
renouer la conversation, il demanda :

— Qu'est-ce que ce tableau?

Palmyre leva les yeux et répondit sans hésitation :

— C'est un Corrège.

Puisque ses notions sur l'art étaient aussi ru-
dimentaires, il ne fallait pas causer peinture
avec elle : cela l'ennuierait certainement. Mais
pour avoir acquis de semblables tableaux, Métivier devait être un imbécile, de peu récréante
compagnie, ou un avare.

Ah! dans ce dernier cas, le succès serait facile ; Palmyre avait sans doute le goût des choses chères et de continuels besoins d'argent : si son amant n'avait pas la générosité de les satisfaire, il devait être possible de le supplanter... Cependant Métivier n'était pas un avare ; en mainte occasion il avait étalé son mépris de l'argent ; et non loin de ces tableaux grotesques, sur la cheminée, des deux côtés d'une pendule en bronze doré, — d'une pendule de quatre cents francs, — deux statuettes en vieux Saxe élancées, presque vivantes, avaient le charme des pièces de premier choix... Et sur tous les guéridons il y avait des fleurs : des roses venues de Nice, des seringas à peine ouverts, d'énormes touffes de violettes : de sorte que l'air était imprégné de parfums étouffants qui grisaient et rendaient la respiration difficile.

Alors Van Sighem, auquel son examen n'apprenait rien, désespéra de réussir ; à sa place, un Parisien eût déjà trouvé l'expédient juste, et une fois de plus il regretta de n'être pas Parisien. Par sa niaiserie, il allait perdre son pari. Ses amis se moqueraient de lui, et ils auraient raison. S'il était si maladroit avec une fille, comment s'y prendrait-il avec une honnête femme?...

Un échec semblable paraissait dur à sa vanité. Puis, il s'était brûlé au jeu. Palmyre était maintenant pour lui plus qu'un caprice : il souffrirait de la voir rester aux bras d'un autre.

En calculant ainsi les voluptés convoitées en vain, en enveloppant du regard ce corps de femme qui se dessinait sous les plis du cachemire collant, il se sentit étouffer. Il se leva, fit quelques pas sans que Palmyre le regardât; puis, irrésistiblement attiré, il revint s'asseoir auprès d'elle.

Sa gorge était sèche. Une telle ardeur de passion l'emplissait qu'il en oublia le ridicule de son silence. Renonçant à chercher encore d'introuvables paroles, il prit dans ses deux mains la petite main de Palmyre et se mit à la caresser, essayant de mettre dans son attouchement toutes sortes de tendresses. Alors Palmyre, sans retirer sa main, le regarda bien en face, avec un sourire et un léger haussement d'épaules. Mais elle ne lui dit rien; et il restait plus embarrassé que jamais, ignorant si cette concession était pour lui un avantage, tremblant d'être pris, à cause de sa jeunesse, de son air naïf, de sa gaucherie, pour un garçon sans conséquence, auquel on ne marchande pas de légères faveurs. Il se fit petit, et sans bouger, très tranquille, il gardait la main. Ses perplexités

augmentèrent quand il s'aperçut dans une glace ;
il se trouva d'apparence bien lourde, avec sa grosse
figure rose de poupon de cire et ses cheveux soigneusement pommadés ; puis, il paraissait beaucoup trop sérieux : ses vagues favoris blond pâle
lui donnaient l'air d'un pasteur protestant.

En ce moment, on frappa deux coups à la porte.
Palmyre ne prit pas la peine de répondre ; néanmoins, une minute après, la femme de chambre,
Irma, entra et, avec un regard circulaire, annonça
de sa voix fûtée :

— M. Profès !

Palmyre se leva toute droite, brusquement
tirée de sa distraction. Mais elle s'aperçut que
Van Sighem l'observait, et, reprenant son sang-
froid, elle accueillit l'arrivant.

— Ah ! c'est vous, docteur ! Enfin !... J'avais hâte
de vous voir... Gabriel a beaucoup toussé, cette
nuit...

Puis, s'apercevant que les deux hommes ne se
connaissaient pas, elle les présenta l'un à l'autre.
Profès, après un salut, alla s'appuyer contre la
cheminée. Il se tenait volontiers debout, pour
faire ressortir les grâces de sa personne et pour
ne gêner en rien son geste élégant. Devant lui,

1.

Van Sighem se trouva complètement effacé : jamais il n'aurait su prendre une telle pose, remplie à la fois d'aisance et de distinction. Et tout en le jalousant, il ne pouvait s'empêcher d'admirer la souplesse de ses mouvements et la placidité de son visage.

Profès avait une tête de médaille. Ses traits réguliers étaient encadrés dans de longs cheveux noirs à reflets de jais qui recouvraient son col en bouclant un peu. Sa barbe soyeuse, de nuance presque aussi foncée, voilait la faible déformation de sa bouche, seule trace laissée par la débauche sur ce visage tranquille qui éveillait l'idée d'un Christ émancipé du blond conventionnel. Sa toilette avait toutes les délicatesses d'une simplicité raffinée. Dans ses bottines de chevreau, surtout, ses pieds prenaient une cambrure provocante comme des pieds de femme.

Ce fut lui qui rompit le silence, après avoir posé quelques secondes sans prétention apparente :

— Gabriel devrait être rentré, dit-il; il a tort de s'exposer à l'air du soir.

Il ajouta :

— De grandes précautions lui sont nécessaires.

Van Sighem, malgré son intimité de fraîche date

avec Gabriel, n'avait sur lui que des renseigne-
ments tout à fait superficiels. Il demanda, d'un
ton d'intérêt affectueux :

— Métivier serait-il malade?

Profès répondit :

— Il est poitrinaire...

Et il se fit un nouveau silence, pénible. Palmyre penchait la tête. Des souffles d'air plus frais
entraient par la fenêtre. Cette fois, encore, Profès
renoua la conversation en demandant à Van Sighem :

— Vous êtes étranger, monsieur?

— Oui, je suis Hollandais, répondit celui-ci.

Puis, comme personne n'insistait, pressé d'un
besoin de parler de lui, il continua :

— Mais ma famille habite la Suisse depuis
longtemps, et je connais à peine ma patrie.

Palmyre devint visiblement attentive, tandis
que Profès, d'un ton de distraction affectée, demandait :

— Quelle partie de la Suisse habitez-vous ?

— Les bords du lac de Genève... Nous possédons
une villa près de Coppet... Le château de Coppet,
ancienne résidence de madame de Staël, est célèbre... Le duc de Broglie y vient souvent.

— On dit ce pays magnifique.

Van Sighem crut devoir faire un peu de poésie.
Il parla du mont Blanc; dont les cimes, au dire
des riverains du Léman, ressemblent au buste
étendu de Napoléon Ier; du Salève aux flancs dé-
nudés; des teintes merveilleuses que le crépuscule répand sur le lac et sur les montagnes. Mais
il n'était pas éloquent; en cherchant des mots
frappants, en voulant arrondir ses phrases, il
se perdit dans sa description. Il termina en disant :

— Oui, c'est un beau pays; vous devriez venir
le visiter.

Palmyre, à son tour lui demanda :

— Le climat y est excellent, n'est-ce pas?

C'était la première fois qu'elle l'interrogeait.
Aussi se recueillit-il pour répondre. Il expliqua
qu'en effet Montreux était une station de malades,
et il répéta tout ce qu'il en avait entendu dire aux
médecins du pays.

— Malgré les montagnes qui l'abritent, l'air y
est un peu vif, l'air du soir surtout. Les malades
sont obligés de prendre beaucoup de précautions;
souvent on en voit dont l'état s'aggrave pour une
promenade à des heures tardives...

Cette fois, on l'écoutait. Par moments, les yeux
de Palmyre interrogeaient ceux de Profès, tou-

jours impassible, mais plus attentif qu'il ne semblait. Van Sighem, tout fier de parler enfin, se mit à raconter son histoire avec de grands détails. Son père, souffrant d'une bronchite chronique, avait dû passer plusieurs saisons à Montreux, où il avait loué une maison pour éviter les ennuis des hôtels. La contrée lui avait plu. Il s'y était établi avec sa famille, et y restait maintenant la plus grande partie de l'année. Il possédait des manufactures à Utrecht; quoiqu'il en eût confié la gérance à un homme habile, il était obligé à de fréquents voyages.

Le Hollandais allait sans doute raconter encore à la suite de quelles circonstances sa famille avait quitté la petite maison de Montreux pour la villa de Coppet; mais Palmyre l'interrompit pour lui adresser encore quelques questions sur le pays. Puis, comme la conversation languissait de nouveau, il prit congé sans qu'on le retînt.

Palmyre et Profès restèrent seuls. Une bouffée d'air avait ouvert la fenêtre, et l'on entendait au dehors, comme en pleine campagne, le concert des soirs de mai : c'étaient des chants d'oiseaux, des voix d'enfants, le bourdonnement vague des choses coupé de temps en temps par le clair hen-

nissement d'un cheval. Le soleil couchant faisait
des taches de lumière pâle sur le tapis, tandis que,
sur le balcon, les feuilles des lierres grimpants,
arrosées tout à l'heure et restées humides, brillaient avec des reflets métalliques. Et de la terre
fécondée par ces premières chaleurs, des plantes
où montait la sève, des boutons à demi ouverts
sur lesquels s'endormaient déjà certains papillons,
de toute la nature pressée de vivre ses amours de
l'été, une langueur sortait, pénétrant l'être, faisant refluer le sang aux tempes avec des bouil-
lonnements.

Palmyre s'était levée. Elle s'approcha de Profès
qui, toujours appuyé, la regardait ; puis, devenant
soudain un peu brusque', avec des palpitations
qui lui soulevaient la gorge, elle lui mit les deux
mains sur les épaules et, lui offrant ses lèvres :

— Embrasse-moi ! dit-elle.

Toujours calme, après l'avoir fait attendre quelques secondes encore, il la baisa longuement sur
la bouche. Alors elle noua les bras autour de son
cou, avec une légère crispation des doigts ; les yeux
fermés, pâlissante, respirant avec force, elle savourait cette caresse attendue depuis longtemps.
Puis elle l'attira sur un sofa et, se serrant contre
lui, elle lui demanda d'un ton de reproche :

— Pourquoi es-tu resté trois jours sans venir ?

— J'ai été retenu...

— Tu sais pourtant que je ne peux pas vivre sans toi.

Il laissa échapper comme un signe d'impatience ; elle lui prit la main et la porta à ses lèvres. Puis :

— Si tu voulais, j'irais chez toi ; cela serait bien plus commode... Nous pourrions rester plus longtemps ensemble et sans être à chaque instant dérangés... Oh ! ne crains rien, je saurais bien trouver des prétextes pour sortir ; d'ailleurs, j'en fais mon affaire... Dis, veux-tu ?

— Oui, tu as raison ; cela nous serait bien plus commode... Mais c'est impossible, ma chère... Tu ne te rends pas compte des ennuis que ces sorties te causeraient... Puis, de mon côté, j'ai des ménagements à garder.

— Des ménagements ? Envers qui ? Il y a quelque temps, tu aurais accepté tout de suite... Mais tu n'es plus le même... On dirait que tu es fatigué de moi.

— Quelle idée !... Je suis las de te partager avec un autre, voilà tout !

Cette réponse, dite cependant sans grande ardeur, remplit Palmyre de joie.

— Egoïste ! fit-elle.

Puis, le caressant.

— Va, Gabriel n'est pas bien gênant... Sa maladie le rend mélancolique... Quelquefois, il s'en va pour plusieurs jours... Tu le sais bien !

Profès prit un air sérieux pour répondre :

— Son état s'est beaucoup aggravé, depuis que tu le connais.

Un peu troublée par cette observation du médecin, elle se remit pourtant.

— Mon Dieu ! fit-elle, c'est cependant toi qui le soignes ; et certes, tu te donnes beaucoup de peine.

— Oui... Mais le seul remède pour lui, ce serait l'hygiène. Il ne devrait abuser de rien.

— Pourquoi ne l'as-tu pas dit plus tôt ?

Ces derniers mots sonnaient comme un reproche. Profès perdit contenance ; elle venait de mettre le doigt sur un point peu clair. Mais, en la regardant, il vit qu'elle le regardait aussi. Et leurs yeux se firent, à n'en point douter, d'étranges confidences, car ils se séparèrent d'un même mouvement, comme si toute autre idée se taisait en eux devant un calcul important. Puis Palmyre, lâchant la main qu'elle tenait, dit avec brutalité :

— Tu comprends... j'ai eu assez d'hommes en

ma vie... Lui, qu'il fasse tout ce qu'il voudra, ce
n'est pas mon affaire ; il m'embête. S'il crève, tu
n'auras plus de partage à redouter !

Comme effrayé, il objecta :

— Il ne nous gêne pas beaucoup... et puis, tu
sais, tu sais, je ne suis pas bien riche.

— Eh bien ! nous aurons sa fortune... Il me fera
son héritière, c'est tout simple !

— Ses parents ?...

— Ses parents ?... des cousins au troisième degré, qu'il ne voit jamais !... Il n'y pensera même pas !

— Mais eux sauront bien arriver dès que l'autre
sera mourant... et c'est alors qu'ils prendront de
l'influence... Toi, tu seras mise à l'écart, tu n'auras rien...

— Gabriel, dans son état, doit avoir besoin
d'un air meilleur... Tu es son médecin, tu peux
le lui dire... Et ses cousins n'auront pas à s'in-
quiéter de lui : je le soignerai moi-même... C'est
tout au plus s'ils recevront de ses nouvelles...

Et, à mots couverts, ils se mirent à développer
leur projet, — leur projet qu'ils ne s'étaient point
encore confié, — avec une grande tranquillité,
comme s'il se fût agi d'une chose toute naturelle,
d'une spéculation sûre à fonds communs, à béné-
fices égaux. Ce crime, dont l'idée avait germé et

grandi parallèlement en eux, les rapprochait, lien
très fort. Au bout d'un moment, Palmyre reprit
la main de Profès ; et comme celui-ci, crûment,
lui donnait certains détails sur les soins dont elle
devait entourer le malade, excitée, elle recommença à l'embrasser. Mais il ne se laissa pas distraire par si peu. Tout en répondant à ses caresses, et quoiqu'elle ne l'écoutât plus, il continuait sa démonstration : décidément, il fallait entraîner Gabriel dans un pays de montagnes, en
Suisse, par exemple.

Palmyre l'interrompit.

— Pourquoi pas en Italie ?... J'ai toujours eu
envie de voir l'Italie, moi...

— Non. L'air de la Suisse vaut mieux. Il est
vrai qu'il est très vif, le soir surtout ; et, dans
l'état de Gabriel, le plus léger refroidissement
peut avoir de terribles conséquences... Mais tu y
prendras garde !...

Comme elle restait pensive :

— D'ailleurs, ajouta-t-il, la contrée est magnifique ; il ne s'ennuiera pas, toi non plus.

— Mais tu viendras avec nous ?

— Je ne sais pas...

Et la pensée d'une séparation probable ré-
chauffa leur tendresse.

La nuit était là, maintenant ; un tiède zéphir faisait entre-choquer les branches des arbres avec un bruit de voix ; dans le silence de plus en plus profond, les locomotives jetaient leurs sifflets déchirants...

... Palmyre était dans les bras de Profès. Jamais ils ne s'étaient tant aimés. Ils savouraient leurs caresses, le cœur gonflé à la pensée d'une fortune indépendante, à eux, bien à eux, qu'il ne faudrait plus arracher sou par sou. Il ne serait plus, lui, le médecin de hasard, vivant de ses gains au jeu, d'emprunts faits aux hommes dont il volait les maîtresses et aux femmes qui l'aimaient. Elle ne serait plus la fille qui cherche de lit en lit l'argent nécessaire à sa vie surmenée, escomptant un caprice ou spéculant sur une passion. A son tour, elle pourrait choisir, et traîner aussi bas qu'il plairait à sa fantaisie ces hommes qui, depuis son enfance, l'élevaient sur des piles d'or pour mieux ensuite la rouler dans la fange... Ah ! le monde leur appartiendrait, et Paris !...

Et ils se voyaient devant des tapis verts, décuplant les louis apportés par eux, ou calmes malgré des pertes gigantesques qui leur mettaient au front comme des auréoles. Ou bien, dans des orgies, les vins parfumés du Rhin qu'on sert dans

des coupes vertes et les vins capiteux du Midi
leur versaient une ivresse. Ou encore des voyages
les emportaient dans des pays étranges, rêvés par
leurs cerveaux blasés : c'était un défilé où les mi-
narets d'or succédaient aux cathédrales gothiques
ciselées comme des dentelles ; où la mer s'étendait sous leurs yeux, tour à tour nappe immense,
tranquille, et l'océan bouleversé ; où les montagnes dressaient devant eux leurs pics de neige, à
moins que, du sommet, ils ne vissent sous leurs
pieds les nuages passer en tourbillons et se déchi-
rer par instants pour laisser voir les villages épars
dans la plaine, tout petits... Tantôt les brouillards
du Nord les plongeaient dans une douce rêverie,
tantôt le soleil du Midi les enveloppait de ses
rayons, et ils montaient tour à tour le mulet des
Pyrénées, le chameau du désert, l'éléphant de
l'Inde, les premiers toujours dans toutes les cara-
vanes, éblouissant de l'éclat de leur or la naïveté
des peuples sauvages comme la bêtise des peuples
civilisés. — Soudain, quatre coups furent frappés
à la porte. C'était un signal d'Irma, bien connu :
il annonçait l'arrivée de Gabriel.

Alors il leur fallut prendre une pose indifférente : Profès, en homme habitué à de tels chan-
gements ; Palmyre, avec une révolte qui se tra

duisit par un froncement des sourcils et par une agitation de la main. Quand son amant entra, elle eut, en allant au-devant de lui, comme un sourire de mépris; elle comparait en pensée, au corps plastique du médecin, le pauvre corps grêle, amaigri, pitoyable, du malade qui s'achevait pour elle.

Métivier portait tous les signes des phtisiques; ses cheveux, fins et rares, avaient la couleur de l'acajou; une barbe assez épaisse et de nuance plus claire cachait le décharnement de son cou devenu rigide. Ses lèvres auraient paru blanches sans la blancheur excessive de ses dents que, par un reste de coquetterie, il montrait volontiers dans un sourire triste. Son nez, pointu de nature, s'était prodigieusement aminci dans l'amaigrissement général. Ses pommettes saillaient, empourprées par une fièvre naissante. Ses yeux caves, d'un bleu limpide, brillaient avec des reflets de passion qui les faisaient paraître plus foncés et donnaient une animation factice à son visage exsangue. Il marchait péniblement, d'un air fatigué, traînant ses membres avec effort; de toute sa personne s'échappait une mélancolie. Le moindre bruit l'inquiétait. Ses regards cherchaient sans cesse des choses inconnues. Sa voix était faible, avec des intonations rauques par moments. Du reste, il parlait peu, mais jamais sans accompagner de gestes fébriles ses moindres paroles, et ses mains se mouvaient avec un tremblement de ses doigts amaigris, renflés aux articulations, la pulpe de leurs extrémités élargie et recouverte par des ongles recourbés.

Il tendit la main à Profès, embrassa Palmyre, et s'assit ou plutôt se laissa tomber à côté d'elle en murmurant :

— Je suis bien las !

Dans l'irritation de son plaisir interrompu, elle se mit à lui reprocher sa faiblesse :

— Il faut toujours que tu te plaignes... Quand tu ne sors pas, c'est le mauvais air des appartements qui te rend malade. Quand tu sors...

Un regard de Profès lui rappela son rôle. Elle reprit, douce, avec une caresse :

— Et pourtant, on l'aime comme il est, ce grand enfant qui ne sait pas se soigner !

Puis elle se mit à le câliner, lui demandant s'il souffrait de la poitrine, s'il avait beaucoup toussé, s'il se sentait de l'appétit. Il lui répondit en homme préoccupé de ses maux et toujours en observation devant lui-même. Profès prit la parole à son tour : il avait l'air de chercher à déguiser quelques inquiétudes, il échangeait avec Palmyre des regards anxieux, surpris par Gabriel. Lorsqu'il l'eut soigneusement ausculté et qu'il lui eut tâté le pouls, il médita longtemps, absorbé, comme s'il cherchait dans sa mémoire quelque remède extraordinaire. A plusieurs reprises, il se mit à écrire sur ses feuilles d'ordonnance; mais il s'arrêtait.

— Non, non ! dit-il enfin, les remèdes ne serviraient à rien.

Palmyre cacha sa figure dans son mouchoir, Gabriel, ému, s'écria :

— Alors il n'y a plus d'espoir ?

— Je ne dis pas cela, répondit le médecin avec toutes sortes de réticences. Je ne vous crois pas du tout perdu, mon ami. Mais si l'on peut vous sauver, c'est par l'hygiène. Il vous faudrait changer d'air : l'air de Paris, vicié, pauvre d'oxygène, vous tuera; et aussi le bruit, les agitations de votre vie.

— Mais ma vie est très calme, très régulière. Je ne joue même plus, je rentre de bonne heure.

— C'est égal, Paris n'est pas tranquille. On ne saurait échapper à cette agitation qui le secoue sans cesse... Quand on est sur la mer, on souffre de ses tempêtes, n'est-ce pas ?... Il vous faudrait la paix d'une grande nature.

— L'Italie?...

— Non... Certaines parties de la Suisse vous conviendraient parfaitement... Montreux, par exemple... Vous devriez partir pour Montreux.

Gabriel hésitait, regardant Palmyre. Enfin, il lui demanda :

— Consentiras-tu à quitter Paris?

Et, comme elle lui répondait :

— Si ta santé l'exige, certainement...

Profès, qui connaissait son ami, fit acte de prudence :

— Il vaudrait mieux que vous partissiez seul.

Mais le malade se révolta, tout pâle :

— Non, non. Jamais!...

Palmyre, hypocrite avec des chatteries, lui répéta deux fois :

— Cependant, si cela vaut mieux!... Il faut être raisonnable.

En même temps, elle lui prit doucement la main. Et comme elle éprouvait le besoin de faire à l'aide de son pied, quelque communication ou quelque caresse à Profès, elle baisa Gabriel sur la bouche. Gabriel, plus fou d'amour que jamais, se révolta contre le conseil du médecin :

— Voyez-vous, lui dit-il, j'aimerais mieux rester à Paris... Là-bas Palmyre s'ennuiera peut-être, et nous sommes si heureux ici !... Mon Dieu ! on ne meurt pas d'un catarrhe ; il n'y a pas besoin de faire de grands voyages pour s'en guérir !

Il disait cela pour se rassurer lui-même ; car il connaissait sa maladie, ceux qui l'entouraient ayant pris soin de ne pas la lui cacher. Aussi, ses paroles demeurèrent-elles sans réponse ; le silence qui les accueillit lui sembla lugubre comme une condamnation. Et, la pensée de la mort se présentant à lui avec son cortège de terreurs, il frissonna :

— Après tout, vous avez peut-être raison... le changement d'air est toujours une excellente chose... D'ailleurs Palmyre est un peu souffrante depuis quelque temps ; elle en profitera.

Puis, s'adressant à Profès :

— Viendrez-vous avec nous, mon ami ?

Profès n'avait point l'intention de s'exposer aux ennuis d'une agonie. La mort de Gabriel devait trop lui rapporter pour qu'il pût la surveiller lui-même. Plus tard, on la lui reprocherait, sans doute ; s'il réalisait ses projets, les circonstances donneraient aux calomnies une grande force, et il resterait sous le poids d'une accusation non prouvée, — mais gênante. Et comme il s'excusait, prétextant ses occupations, ses affaires, Irma vint annoncer que madame était servie. Il se hâta d'offrir le bras à Palmyre, qui, comme Gabriel restait un peu en arrière, put lui dire tout bas, d'une voix vibrante et contenue :

— Ah ! tu veux rester seul, mon petit... Mais va, ça ne sera pas pour longtemps !

II

Palmyre Veulard était née en 1847, dans une grande maison de la rue Condorcet, dont ses parents étaient concierges. La loge où elle fut élevée, petite, incommode, mal aérée, au mobilier incomplet et boiteux, avait vue sur la cour : une grande cour grise à laquelle aboutissaient les trois escaliers. Là, ne pénétrait jamais un rayon de soleil. Là, se réunissaient, dans une lourde fétidité, toutes les odeurs lâchées par les fenêtres. Là, des servantes clabaudaient, tandis qu'un perroquet gris, — au troisième étage, dans le fond, — jetait des piaillements aigus. Tout en haut, dans les renfoncements des mansardes, on apercevait quelques plantes étiolées, aux tiges minces, aux fleurs sans éclat, péniblement cultivées par les plus pauvres d'entre les locataires.

Le père Veulard, ancien agent de police destitué pour ivrognerie, s'occupait, quand il était à peu près de sang-froid, à de menus travaux de cartonnage, et laissait à sa femme tout l'entretien de la maison. Quelquefois, il faisait la cuisine. Il se prétendait sans égal pour surveiller le pot-au-feu, et mettait son amour-propre à faire sauter, avec mille raffinements, une omelette au lard. D'ailleurs, ayant le vin gai, il ne grondait jamais chez lui.

A cette époque, la maison jouissait d'une excellente réputation : un médecin, un avoué, les bureaux de la rédaction du journal le *Petit Courrier de la Banlieue,* et des commerçants retirés, occupaient les meilleurs appartements. Dans les étages supérieurs, s'entassaient de petits boutiquiers, des artisans de troisième ordre ; une vieille fille, mademoiselle Collinet, y vivait de mille francs de rente, ne sortant presque jamais ; un peintre amenait quelquefois des femmes et faisait taire les criailleries de la mère Veulard en lui graissant la patte. C'était un bon garçon, jovial, grivois. Ayant besoin des indulgences de sa concierge, peut-être aussi par goût naturel et

populacier, il s'arrêtait souvent dans la loge. Peu
à peu, il prit la petite Palmyre en affection; il la
faisait sauter sur ses genoux, tout en lui apprenant des polissonneries qu'elle répétait sans
les comprendre, d'une voix grave, en regardant
d'un œil étonné l'artiste s'esclaffer.

La seule personne suspecte de la maison était
mademoiselle Honorine, — la propriétaire du perroquet gris. Elle avait emménagé trois jours
après la naissance de Palmyre : sans aucun doute,
la mère Veulard, si elle l'avait vue, aurait eu des
soupçons, à cause même du perroquet qui criait
continuellement, d'une voix aigre, des noms
d'hommes : « Alfred!... Arthur!... Marius!.. »
Mais Veulard, le vieil ivrogne, ne s'était pas in-
quiété de ces détails. Du reste, pendant quelque
temps, il n'y eut rien à dire sur le compte de cette
jeune personne. Elle rentrait un peu tard, voilà
tout : mais, comme elle donnait chaque fois une
pièce de dix sous, on ne pouvait pas se plaindre.
Quand elle avertit que « son cousin » Frédéric
viendrait de temps en temps la voir, on n'y mit
nulle opposition. Bientôt M. Frédéric ne vint plus,
et fut remplacé par un autre; puis par deux; puis
ce fut une procession.

Ah ! si M. Breton, le propriétaire, avait su cela,

lui qui était liquoriste retiré, marguillier de sa
paroisse et intraitable sur la question des
mœurs !... Mais il ne le sut pas ; la concierge, pour
laquelle tous les cousins de mademoiselle Honorine se montraient généreux, trouvait à sa
locataire une famille bien comme il faut. Du
reste, cette fille élégante, parfumée, à mains fines,
pas fière du tout, était pleine de bons procédés.
Pendant plusieurs années, il ne se passa pas deux
jours sans qu'elle vînt faire un bout de conversation dans la loge, poussant la condescendance
jusqu'à partager, de temps en temps, le repas de
la famille. Elle fit ses confidences à la mère Veulard, elle lui raconta ses ennuis. C'étaient des
histoires de toilettes à payer, des lettres baroques,
des déclarations passionnées écrites par quelque
naïf à bourse plate, des offres brutales, et des
anecdotes drôlatiques, et des détails. Il fallait entendre ça quand, par hasard, mademoiselle Honorine se rencontrait avec le peintre : joyeusetés
et bons mots roulaient comme des feux de file,
et de gros rires éclataient, brusquement répri-
més par le passage de quelque locataire impor-
tun.

Et la petite fille, sans comprendre, écoutait.

De bonne heure, on l'envoya à l'école : non pour

qu'elle s'instruisît, mais, comme disait son père,
« pour lui faire vider le terrain ». Aussi passa-t-
elle la plus grande partie de son enfance à courir
les rues avec les gamins du quartier.

Cependant, peu à peu, grâce aux leçons que lui
donnaient des amies plus âgées ou plus précoces,
Palmyre comprit les conversations de la loge, les
calembours, les allusions. Bientôt, elle eut une
grande curiosité des choses érotiques, tout
oreilles, avec un air de petite niaise. Puis, on
n'avait pas de chambre pour elle : elle continuait
à coucher dans l'unique pièce à moitié remplie
par le lit de ses parents. Ils ne se gênaient pas
pour elle ; la nuit, elle entendait tout ; quand la
veilleuse restait allumée, en l'attente de mademoiselle Honorine, elle voyait, et cela la faisait
réfléchir.

Vers 1857, le *Petit Courrier de la Banlieue* cessa
de paraître ; l'appartement, après avoir été complètement remis à neuf, fut loué à une actrice.
Peu de temps après, l'ancien liquoriste mourut.
Ses héritiers vendirent la maison.

Le nouveau propriétaire, plus soucieux de faire
rapporter de bons intérêts à ses immeubles que
d'avoir des locataires convenables, augmenta
fortement les baux.

On réclama; puis il se produisit une fuite
générale.

L'actrice du premier et mademoiselle Honorine,
alors âgée de trente-trois ans, et « encore très
bien », restèrent seules. Et, au commencement de
l'hiver, la maison se trouva presque entièrement
peuplée de filles; ce fut dans le vestitule, dans la
loge, dans la cour, un roulement continuel de
toilettes, de nippes traînées, de cris, de rires, de
marchandages; des hommes inconnus passaient,
s'engouffrant dans chacun des trois escaliers; des
locataires filaient, subitement enrichies par l'arrivée de quelque prince russe, par la rencontre de
quelque entrepreneur retiré, tandis que d'autres,
abandonnées au moment du terme, portaient
leurs derniers bijoux au mont-de-piété. Presque
toutes ces dames se connaissaient entre elles... Et
leurs bonnes comméraient avec délices, livrant le
secret de leurs intimités, racontant les amours
étranges des nuits où leurs maîtresses étaient ren-
trées seules.

Au milieu de ce branle-bas d'amour, de ce
roulement de pièces d'or et de misères, de ces
revirements de fortune, de ces curées où parfois
on dévorait un honneur, la mère Veulard faisait
de petits profits. De temps en temps, elle par-

venait encore à effrayer les plus turbulentes de la
maison en les menaçant du propriétaire : cent
sous lui fermaient la bouche. On l'accablait de
commissions, et souvent on oubliait de lui ré-
clamer la réponse ou la monnaie. Elle savait
prélever un gain sur un blanchissage laissé à la
loge, sur un œuf à la coque donné à crédit, sur
une lettre qu'elle remettait « en mains propres »,
sur tout. Plus d'un louis, lâché péniblement par
un pauvre garçon qui, pour une nuit, renonçait
au dîner de plusieurs jours, roulait chez la
concierge. A la concierge, les passions réelles, les
caprices d'une heure, les fantaisies passagères
payaient comme leur dîme. Elle poussait dans la
prostitution, pareille à ces lichens parasites qui
vivent sur des arbres pourris : et cela sans le
moindre remords, fière de rester « honnête,
malgré les exemples... »

Si les Veulard ne devinrent pas riches, à cette
époque, ce fut leur faute. L'argent pleuvait chez
eux : mais monsieur buvait, et madame, qui devenait gourmande avec l'âge, mangeait ; et la
petite recevait ou prenait au besoin des quantités
de pièces blanches qui filaient chez l'épicier de
la rue Rodier ou chez le pâtissier de la rue
Milton.

La maison engraissait le quartier : tout était plus cher pour les locataires de la mère Veulard. Les industriels honnêtes et les braves négociants cherchaient tous à sauver pour eux, pour leurs familles, quelques épaves des capitaux naufragés dans les boudoirs. Tous, malgré leur mépris pour ces femmes qu'ils voyaient tour à tour rouler carrosse ou traîner leurs jupes dans la boue, s'inclinaient devant elles, les respectaient même dans la misère, pour avoir leur clientèle, enrichies. Et les petits commis, les yeux goulus, admiraient ces mains blanches d'où l'or coule tout naturellement, comme un ruisseau d'une source.

Plus d'un drame se passa dans « l'ancienne maison Breton ». Plus d'une fois, le commissaire du quartier, ceint de son écharpe tricolore, y pénétra. Des cris retentirent, des protestations... Et Palmyre, effrayée, voyait entraîner par les agents quelqu'une de ces belles dames, pleurant, criant, demandant grâce en se tordant les bras. Une aventure semblable était une aubaine pour la mère Veulard, qui soutirait de rondes sommes à celles de ses locataires dont la conscience n'était pas tranquille. Souvent aussi il y eut des disputes, des heurts de gros mots éclatants, des in-

sultes qui remuaient les saletés de révélations
incroyables, faites à haute voix, au milieu d'un
rassemblement.

De temps en temps, des gouttes de sang ou
des larmes tachèrent cette boue. Deux gentilshommes, dont l'un fut dangereusement blessé, se
battirent pour l'actrice du premier. Pour une
petite roulure, pour une garce de la pire espèce
qui logeait au quatrième, un vieux caissier marié
s'enfuit en Belgique avec des fonds volés. Pour
une autre, — très chic, celle-là, entretenue par
un Brésilien, — un jeune homme, un enfant qui,
n'étant pas riche, la voulait pour lui seul, se
noya, une nuit de jalousie... Le père vint maudire
la meurtrière de son fils, il y eut des désespoirs...
Il y en eut souvent : mais le tapage de la mai-
sonnée couvrait tout autre bruit sous l'éclat des
gaietés obscènes ou des rires de brutale sensualité.

Quand Palmyre eut treize ans, on commença à
l'utiliser. Vingt fois par jour, il lui fallait monter
et descendre les cinq étages des trois escaliers
pour une commission, pour un caprice, pour une
bagatelle. Elle était déjà si naïvement corrompue,
que rien ne l'étonnait. Parfois, en portant le café
au lait du matin, elle trouvait telle de ces dames
couchée toute nue, tandis qu'un monsieur passait

ses bretelles : et le monsieur lui souriait. On ne
se gênait pas pour elle : c'était « la petite ».
Seulement, comme son nom prétentieux étonnait
certaines bouches habituées à des Javotte de village, on lui avait trouvé un diminutif : on l'appelait Mirette, comme la chienne de madame
Blanche.

Quelques-unes avaient des attentions pour elle.
Madame Henriette lui donnait régulièrement la
moitié du sucre de son café. Mademoiselle Marguerite, qui servait à la *Pomme de pin*, lui apportait souvent des oranges. Mademoiselle Olympe,
de l'Hippodrome, lui offrit quelquefois des bonbons et des marrons glacés. Mais la plupart la
traitaient comme une servante à qui l'on ne doit
aucun ménagement, heureuses de déverser sur
elle les colères de lendemains déçus ou de soirées
perdues à patauger dans la boue des trottoirs.
Cependant, nulle n'osait la battre, par crainte du
père Veulard, qui, dans ses accès de demi-bon
sens, voulait qu'on respectât sa fille...

Les messieurs de ces dames la respectaient, eux,
les vieux surtout. Il y en avait un, le notaire de
Blanche, — qui lui prenait le menton dans l'escalier et lui donnait des pralines. Un autre, — le
négociant retiré de Louise, — tombait en arrêt

devant elle, sa figure en pleine-lune épanouie dans
un sourire concupiscent. Et le riche banquier de
l'actrice daignait même s'arrêter chez la concierge
pour embrasser la petite et tenir sa taille maigre
entre ses dix gros doigts.

Cependant, l'imagination de Palmyre marchait
vite. Il lui tardait d'être grande pour avoir des toilettes comme ces dames, « un joli monsieur »
comme elles, — et peut-être aussi pour faire
trotter sans pitié une Mirette qui ne serait pas elle.
Son intelligence de gamine, incapable de distin-
guer entre le stras et le diamant, impuissante à
percevoir les misères de ces femmes bruyantes et
impérieuses, grossissait les fausses splendeurs
qui l'entouraient. Elle se fit une idée de la vie
d'après ce qu'elle en voyait ; la pensée que tout
cela n'était pas normal ne l'effleura même jamais.
Un jour sa mère, confidente par hasard de ses
rêves d'avenir, essaya de lui expliquer comment il
n'est pas honnête de vivre avec un homme sans
être mariée. L'enfant réfléchit un peu :

— Alors, demanda-t-elle, madame Blanche est
mariée ?

— Non.

— Pourtant, madame Blanche est honnête : elle
me donne des bonbons !...

Elle avait déjà quatorze ans quand on lui fit
faire son instruction religieuse. Ce fut une idée
du père Veulard :

— Notre fille a trop de mauvais exemples sous
les yeux, dit-il un jour. Il faut lui apprendre la
religion ; sans ça, elle tournera mal !

Tout le monde trouva cela très juste. Ce fut à
qui la conduirait, trois fois par semaine, à midi,
à Notre-Dame de Lorette. Le catéchisme de Mirette passa de main en main ; chaque soir une ou
deux de ces dames descendaient dans la loge pour
lui faire répéter ses réponses. Elle avait une mémoire détestable ; le perroquet de mademoiselle
Honorine, qui assistait aux leçons, retenait certains mots avant elle. Néanmoins, ces dames y
mirent tant de bonne volonté, qu'elle finit par se
souvenir de certaines choses. Elle sut bientôt dire
d'une manière tout à fait satisfaisante, et sans y
rien comprendre du tout, ce que c'était que Dieu,
le péché, le Saint-Esprit. En plus, mademoiselle
Yvonne, de Rennes, lui apprit des histoires de
revenants et lui donna des détails précis sur
l'enfer.

Cependant madame Veulard prenait des airs pin-
cés pour parler des progrès et des bons sentiments
de la petite : l'abbé Sellier l'avait complimentée

plusieurs fois. Les voisins, étonnés, se disaient :

— Elle veut donc en faire une fille sage !

Quand le grand jour approcha, toute la maison voulut aider les concierges dans leurs préparatifs. Trois des locataires se cotisèrent pour acheter la robe ; une autre donna le voile ; une autre, les souliers ; mademoiselle Honorine offrit des bas de soie qui étaient un peu étroits pour elle ; l'actrice du premier se priva d'un porte-bonheur en or, qu'elle devait à l'admiration d'une ville de province ; mademoiselle Blanche acheta un paroissien à couverture de velours blanc ; enfin, mademoiselle Léonie retrouva dans ses armoires, soigneusement empaqueté, un excellent livre à l'usage des jeunes communiants. Même, la veille de la solennité, elle sacrifia sa soirée et lut jusqu'à dix heures à la petite toute ensommeillée, des histoires merveilleuses d'enfants que l'approche du grand jour avait empêchés de dormir.

Palmyre, elle, dormit très bien. Les cérémonies la laissèrent froide ; en revenant de l'église, elle dit même que l'hostie avait un goût de moisi. Mais elle conserva longtemps le souvenir de sa première communion, à cause du gueuleton qui termina la fête. La mère Veulard y avait pris une indigestion dont elle faillit partir.

Environ quinze jours après avoir promis de renoncer au monde et à ses pompes, Palmyre partit avec un étudiant.

Il s'appelait Raoul Albrègue. Il faisait son droit. Un jour qu'il avait couché avec mademoiselle Henriette, en sortant de Bullier, il aperçut la petite. A quinze ans, elle était bien formée; des garçons plus âgés qu'elle l'avaient déjà souvent embrassée. Elle plut à l'étudiant. Il revint, puis l'emmena.

Le père Veulard en pleura dans son verre. La concierge s'en alla répétant :

— Que voulez-vous?... Nous avons fait ce que nous pouvions... Si elle tourne mal, ce n'est pas notre faute!...

Par leurs locataires, les parents délaissés eurent souvent des nouvelles de leur fille.

Un jour, Louise la rencontra à Bullier ; elle était heureuse. Raoul, — un garçon comme il faut, qui faisait bien les choses, — avait loué pour elle un joli appartement, rue d'Enfer. Il la promenait; il la conduisait au bal, au spectacle ; il parlait de lui faire un sort quand il quitterait Paris...

Et la mère Veulard ne trouvait plus cela si mauvais.

— Après tout, disait-elle, on peut être honnête

dans toutes les positions... Si notre fille a de l'argent, plus tard, elle trouvera bien à se marier.

Cet état de choses dura une bonne année ; puis les nouvelles changèrent.

Mademoiselle Henriette, ayant rencontré Palmyre « à Médicis », rapporta qu'elle était fâchée avec Raoul. Elle avait par trop abusé de sa bonté pour lui faire des queues. Malgré cela, ce brave garçon lui avait laissé ses meubles et payé un terme à l'avance ; aussi n'était-elle pas encore dans la dèche tout à fait. Vivant au petit bonheur de ses nuits, elle plaisait assez pour manger presque tous les jours.

Puis madame Blanche apprit, dans une brasserie de la rue Cujas, des choses désastreuses. Palmyre vivait avec un carabin pauvre comme Job ; le joli mobilier avait été vendu jusqu'à la dernière pièce. — Elle avait beaucoup maigri. Blanche s'était accordé le plaisir de lui faire prêter cent sous par son monsieur, qui même avait voulu l'embrasser. La mère Veulard lui envoya un jambon. Elle vint remercier ses parents. Son père, ivre et ému, lui fit un long discours sur ses devoirs de fille. Sa mère lui donna du fil et des aiguilles, pour qu'elle pût raccommoder ses effets.

Peu de temps après, mademoiselle Léonie la
vit au café des Princes : elle faisait trottoir un
peu partout.

Puis, au dire de Marguerite, elle trouva un
nouvel entreteneur, un homme très vieux.

Puis des bruits vagues coururent sur son
compte et l'on tint pour certain qu'elle avait
quitté Paris. Le fait était vrai. Son départ fut
même une des bonnes farces du quartier latin.
Voici par quelles circonstances il fut amené :

Un jour, le fils d'un meunier de Chartres,
nommé Ange Mahaud, âgé de vingt-huit ans et
considérablement bête, ayant hérité de son père,
vint passer un mois à Paris, pour voir le monde ;
peut-être bien aussi avec l'arrière-pensée d'entrer
dans la carrière littéraire, car il faisait des vers.
— Deux jours après son arrivée, il rencontra, en
flânant sur le boulevard Saint-Michel, un de ses
compatriotes, étudiant en médecine. Celui-ci, qui
connaissait la bêtise de Mahaud, eut l'idée de lui
présenter ses camarades et les filles qu'ils fré-
quentaient sous de faux noms, comme des célé-
brités. Béranger, Lamartine, Sainte-Beuve, Théo-
phile Gautier, Victor Hugo, le vicomte Alfred de
Vigny, d'autres encore eurent toutes sortes de
condescendances pour le provincial béant. Le

pauvre homme se confondait, réunissant dans un
suprême effort de mémoire toutes ses connaissances littéraires pour faire compliment à ses
illustres amis. Il félicita surtout Victor Hugo de
sa *Ballade à la lune*. Il appelait Gautier *Théo*.
Gris tous les soirs, il était fier de leur offrir des
bocks et de leur payer à souper.

Cependant comme ces dames, remarquant que
l'imbécile, après tout, avait la bourse bien garnie,
commençaient à lui faire des avances ; comme la
vicomtesse de Vigny lui avait déjà pincé le genou
pendant toute une soirée ; comme le pied de
madame de Lamartine poursuivait son pied sans
cesse, les organisateurs de la farce résolurent de
le « caser ».

Or, en ce moment, Palmyre se trouvait libre.
Elle fut Rachel. Elle déclama avec de grands
gestes le répertoire de Bobino. Placée pendant
plusieurs jours à côté de Mahaud, elle finit par le
fasciner complètement. Ils se décidèrent à vivre
ensemble.

Quelque temps après, un journaliste fit un
article sur les joyeusetés du quartier latin. Mahaud le lut, se reconnut, tomba de toutes ses
illusions, résolut de retourner dans sa ville
natale. Mais, comme il s'était attaché à Palmyre,

il lui proposa de l'emmener. Celle-ci, fatiguée des misères de la vie, ambitieuse d'un peu de tranquillité, accepta.

A Chartres, il la présenta comme sa femme légitime : ce qui ne fut pas sans étonner quelques-uns ; mais il parvint pourtant à la faire accepter dans un certain monde.

Pendant trois ans, ce ménage étrange, contre toutes les lois de la probabilité, marcha bien. Palmyre se reposait. L'existence assurée lui semblait délicieuse. Elle prenait de l'intérêt aux soins du ménage, heureuse d'avoir une maison à surveiller. Elle lisait un peu. Grâce à un certain tact naturel, elle ne commit pas de trop grosse incongruité. — Cependant les étudiants de Chartres vinrent passer leurs vacances dans leurs familles : et les deux ou trois maisons dénuées de clairvoyance, qui avaient accueilli Palmyre, se fermèrent pour elle. Pendant un temps, sa solitude ne lui pesa pas : elle s'attachait même à son rôle d'honnête femme.

Si elle avait eu des enfants, cet état de choses aurait peut-être duré. Mais elle n'en eut pas. Et l'ennui vint. Peu à peu, la bêtise de Mahaud, qu'elle avait d'abord acceptée, la révolta. Elle s'éloigna de lui, le traitant comme un gamin ou

comme un niais. Le pauvre homme tenait à elle ;
l'habitude avait donné une force double à son
affection. Il essaya de tous les moyens pour la
retenir. Il lui offrit de l'épouser, se figurant que
les blessures de son amour-propre lui gâtaient le
caractère. Elle refusa ; elle le trouvait bien trop
ennuyeux pour se l'attacher par des liens indis-
solubles. Alors, il perdit la tête tout à fait. Pour
la distraire, il voulut recevoir. Il fit des dépenses,
organisa un salon, ouvrit ses portes, et des gens
de toute espèce entrèrent. Bientôt, sa maison
fut pleine d'officiers de la garnison, d'étrangers
en passage dans la ville, d'artistes nécessiteux.
Au milieu de cette société bizarre dont elle
était le centre, flattée par des bouches affamées,
entourée d'hommes, Palmyre se rappela qu'elle
était fille.

Elle avait alors vingt-cinq ans. Trois années de
vie paisible avaient rétabli sa santé, restauré son
corps. Elle était belle à la manière des femmes de
Rubens, avec quelque chose de plus ardent, de
plus nerveux. Son sexe et ses souvenirs gron-
daient en elle. Elle chercha le plaisir.

Alors, dans la vieille maison, dans la chambre
où depuis trois générations couchaient les mères
de la famille Mahaud, défilèrent tous les beaux

3.

hommes jetés dans Chartres par un hasard. Palmyre eut de folles passions, des passions d'au
moins six semaines, qu'elle sacrifiait à des caprices d'une heure. Elle eut des fantaisies étranges,
des raffinements d'hystérique, des larmes de désir
inassouvi, des rugissements de volupté fauve.
Une folie d'orgueil lui tenait la tête haute : ses
débauches lui semblaient une gloire. Amoureuse
de sa beauté triomphante, fière des voluptés qui
frémissaient en elle, elle se donnait et se reprenait, tour à tour esclave qui se roule aux pieds
d'un maître et reine dont le sceptre courbe un
peuple d'esclaves, sans jamais prendre en pitié
les pleurs répandus pour elle, sans jamais se souvenir des cris qu'elle-même avait poussés. Elle
piétinait sur l'opinion, elle n'avait pas de conscience.

Les regards terrifiés des matrones de l'endroit
et la bêtise de son mari la laissaient également
indifférente. Elle ne prenait aucune peine pour
cacher sa vie ; les adorations des hommes lui
remplaçaient tous les respects. Pour les officiers, elle était la seule vraie femme de la ville :
leur maîtresse, non leur jouet. Aussi, quand la
garnison passait sous ses fenêtres, le son des
tambours, la voix de cuivre des clairons, le bruit

des pas sur le pavé, le frémissement des drapeaux
lui semblaient-ils une hymne chantée par quelque
procession à sa divinité souveraine. Elle le savait : le colonel fringant sur son cheval, le simple
sous-officier, le badaud à stick flexible arrêté
pour regarder passer, tous attendaient un signe
d'elle. — Quelquefois seulement, l'embarras du
choix l'arrêtait.

Cependant, la ville commençait à s'émouvoir.
Tout le monde avait blâmé Mahaud d'avoir ramené
« une cocotte de Paris », comme pour dépraver
à plaisir les mœurs de sa ville natale ; un prêtre
lui fit même, lors de son retour, des représenta-
tions. Ses mésaventures d'amant trompé exci-
tèrent d'abord une sorte de joie : on se moqua
de lui avec férocité ; il semblait que la morale
éternelle fût vengée parce que Palmyre Veulard
avait repris son rôle. Mais ce pauvre Mahaud se
doutait si peu de son malheur, croyait si naïvement sa maîtresse régénérée, qu'après un temps
les moqueries se changèrent en vague pitié. Ensuite, devant le succès de cette Messaline qui
semblait régner sur son peuple d'amants, on eut
peur. Diverses jalousies se mirent de la partie.
On conspira contre elle. Elle, dédaigneuse, allait
toujours.

Un cousin éloigné prit sur lui d'avertir Mahaud.
Celui-ci ne voulut d'abord rien croire : depuis
qu'il lui avait procuré quelque distraction, Palmyre était charmante ; seulement elle avait des
façons un peu libres, des façons de Parisienne ; il
ne fallait pas prendre trop au sérieux ses airs
évaporés. Il répondait d'elle, il était si heureux !
— On lui creva les yeux avec l'évidence. Alors,
le pauvre homme fut comme fou : toutes ses
idées étaient bouleversées, ses illusions envo-
lées.

La colère de Mahaud fut celle du mouton en-
ragé, à la fois terrible, piteuse, brutale. Il s'en-
ferma deux ou trois jours pour « réfléchir ». Les
projets les plus insensés germaient dans son
cerveau subitement excité. Il voulait provoquer
un colonel, se battre avec toute la garnison, tuer
sa femme dans les bras de son dernier amant,
faire sauter la caserne. Et il se rendit chez elle
sans avoir pris une décision.

Justement, elle recevait la visite d'un capitaine,
encore simple soupirant. L'amant trompé entra
comme un orage ; ses lèvres tremblaient ; les
nerfs de son cou se gonflaient comme dans une
attaque d'apoplexie, et sa face était si bouleversée
que son air ridicule avait disparu.

Sans rien dire, il leva le poing sur sa maîtresse.

Le capitaine para le coup. Mahaud l'enleva comme une plume, le porta dehors, le jeta en bas de l'escalier. Puis il rentra, râlant presque, avec des sanglots étouffés et de grosses larmes qui roulaient sur ses joues; il se mit à marcher de long en large. De temps en temps, il s'affaissait dans un fauteuil et serrait sa tête entre ses mains, comme pour l'empêcher d'éclater. Palmyre tremblait sur le sofa. A plusieurs reprises il s'arrêta devant elle, menaçant; il essayait de parler, puis, les mots ne venant pas, il reprenait avec une sorte de grondement sa marche de bête souffrante. Enfin, il parut se décider. Il mit debout sa maîtresse presque évanouie et, lui montrant la porte :

— Va-t'en, lui commanda-t-il.

Palmyre ne comprenait pas. Lui, avec une écume aux lèvres, répétait :

— Va-t'en !... va-t'en !...

Stupide, elle lui demanda :

— Où?

Il essaya de rassembler ses idées; il n'y parvint pas.

Cependant, il voulait l'insulter, et il eut un vague sourire en lui criant plus fort :

— Va-t'en, saleté!... va-t'en, saleté!...

Ça le soulageait. Il chercha autre chose. Mais il ne trouvait pas, et il répéta plusieurs fois de suite, avec des intonations diverses :

— Va-t'en, saleté !...

Elle, une épouvante la clouait à sa place; et, dans son effroi, elle ne pouvait s'empêcher d'admirer cet homme qui, jusqu'à présent, s'était fait petit devant elle, et qui pourtant lui apparaissait tout d'un coup si fort.

Cependant, peu à peu, Mahaud se calmait. Il parut se rendre mieux compte de la situation. Avec un grand effort, il s'assit en face de Palmyre et lui expliqua :

— Tu comprends... Il faut que tu t'en ailles... Je ne veux plus te voir...

— Pourquoi ? fit-elle.

Il la regarda, béant. Puis, sans daigner lui répondre :

— Retourne d'où tu viens... Là-bas... dans les cafés !...

Il la fixait.

A cette heure, son amour lui revint sans doute tout entier, car, comme elle essayait de le séduire en lui faisant des yeux tendres, il lui saisit les poignets et se mit à les serrer de toute sa force. Elle bégayait :

— « Aïe!... aïe!... »

Il se pencha vers elle, une flamme dans les yeux. Elle s'agenouilla devant lui avec des gestes de servante. Soudain, il la releva, la lança brusquement loin de lui, comme on rejette un animal dangereux, et s'enfuit en courant. Cinq minutes après, il reparaissait, s'arrêtait sur le seuil, et lui jetait un portefeuille en disant :

— Je ne veux pas que tu crèves de faim!

Cette générosité la toucha; aussi regretta-t-elle de quitter Chartres; d'autant plus qu'en prenant de l'âge elle commençait à sentir le besoin d'un établissement fixe. Elle se dit que, si elle avait épousé Ange Mahaud, il ne l'aurait pas renvoyée comme cela; peu à peu, elle se serait fatiguée des amours de hasard et, dans sa vieillesse, elle l'eût rendu très heureux.

Elle avait alors vingt-huit ans; mais elle ne les paraissait pas : sa taille avait conservé sa cambrure et sa souplesse; sous sa chevelure ardente, son front n'avait pas une ride; ses yeux clairs brillaient toujours des mêmes reflets froids animés par des éclairs. Aussi, comme en outre elle avait de quoi se meubler convenablement et attendre quelque temps la fortune, elle avait bien des chances de succès.

Néanmoins, de vagues inquiétudes l'agitaient. Elle était devenue un peu provinciale. Paris, ce Paris conquis dans les rêves de ses jours sans pain, l'effrayait. Et ce qui la troublait surtout, c'était le dégoût de son métier, dont elle avait perdu l'habitude. Pendant longtemps, elle avait pu choisir; comment supporterait-elle les baisers du premier venu, de l'homme qui paye et qui commande...

Alors, elle se souvint de ses parents qui, peut-être, avaient fait fortune. Dès son arrivée, elle se fit conduire à la rue Condorcet. Mais ils avaient changé de quartier. Leur successeur essaya de retrouver leur adresse : il ne put jamais se rappeler si les anciens concierges demeuraient à Grenelle ou à Belleville. Rebutée par ce contretemps, Palmyre renonça à les découvrir. Comme l'appartement du premier se trouvait libre, elle le loua, par un caprice de commander à son tour dans cette maison où elle avait tant obéi. Des anciennes locataires, il ne restait que mademoiselle Honorine, mais métamorphosée, atteinte de la grâce avec l'âge, traversant, les yeux à terre, un livre de messe à la main, cette cour dans laquelle ses amants avaient passé. Elle vivait modestement, au cinquième, de ses petites économies; le perroquet était remplacé par un chat jaune. Elle ne reconnut pas Palmyre; seulement, quinze jours après que celle-ci fut installée, elle déménagea.

III

Pendant une année environ, Palmyre vécut dans un bien-être relatif. Lancée par un journaliste, elle fut d'abord assez petitement entretenue par un gentilhomme à demi ruiné; puis, en peu de temps, se succédèrent deux agents de change; un commissaire de police occupa la place quelque temps; un juge à la cour d'appel parvint à se maintenir trois mois. Tous ces hommes, bourgeois en débauche niaise, l'ennuyèrent énormément. Elle regretta sa vie folle du quartier latin, sa bohème où elle ne mangeait pas tous les jours, ses triomphes de Chartres, surtout ses années de sagesse. Elle eut l'idée de se convertir, comme mademoiselle Honorine;

une haine instinctive du prêtre l'en empêcha.

Si sa fortune le lui avait permis, elle aurait choisi ses amants, et, de cette façon, vaincu peut-être le spleen de la chair qui la prenait. Mais il lui fallait gagner son pain de chaque jour, et chaque jour l'argent de la veille disparaissait. Du portefeuille de Mahaud il ne restait plus trace... Alors, comme des terreurs de la vieillesse lui revenaient continuellement, comme elle se voyait abandonnée de tous, blême de faim, grelottant la fièvre sur un grabat, elle résolut de faire des économies.

Elle ne put y réussir.

C'était une fatalité de son existence. De chez elle, l'argent coulait à flots, comme un courant qui remplit un bassin trop étroit et déborde sans cesse. En vain elle pénétra dans les sphères de la haute gomme, elle s'attaqua à plusieurs membres du Jockey-Club, à d'autres encore; elle entama leurs fortunes, sans parvenir à garder pour elle quelques débris de ces ruines. Elle eut des bijoux de grand prix : ils disparurent, oubliés au mont-de-piété, vendus dans des moments de panne, volés par un domestique, perdus une nuit d'orgie ou de jeu, offerts à quelque femme dont la lèvre plaisait.

Elle eut deux hôtels : l'un aux Champs-Elysées,
l'autre à la rue Léonie, tous deux charmants,
coquets, où elle aurait voulu vieillir. Le premier
fut saisi par un tapissier, le second, vendu « par
spéculation », et l'argent s'en évapora en quelques
jours, dans la banque véreuse où elle l'avait
placé, alléchée par l'appât de fallacieux intérêts.
Tout ce qu'elle possédait finissait de même, par
un écroulement inexplicable. — Irma s'en désolait avec elle.

Ainsi donc, son métier était soumis aux mêmes
exigences que les autres métiers : pour gagner
de l'argent, il en fallait beaucoup. Et cela serait
toujours la même chose, tant qu'elle ne trouverait pas un amant sérieux, avec lequel elle pût
s'isoler pendant un temps pour travailler en paix
à ses affaires. C'est amant idéal, elle finit par le
découvrir en la personne de Gabriel Métivier,
qu'elle rencontra chez une de ses amies.

Gabriel se prit pour elle d'une de ces passions
maladives que la fièvre rend mortelles. Il était
déjà souffrant : tous les remèdes, tous les voyages
avaient été impuissants contre sa lente consomp-
tion. Le sang ardent, la vie débordante de la fille
du peuple réchauffèrent momentanément le reje-
ton chétif d'une race usée de bourgeois. Une

excitation continuelle remplaça sa lassitude accoutumée ; il retrouva une sorte de vigueur au
service de ses désirs ; alors il crut que le contact
de cette femme lui donnait de nouvelles forces,
il se crut sauvé, — pareil à ces cadavres qu'un
courant électrique agite encore un moment.

Palmyre comprit bien vite le parti qu'elle pouvait tirer de cette liaison. Si elle savait s'y prendre,
c'était son avenir assuré, et non pas un avenir
mesquin de vieille fille forcément dévote, comme
mademoiselle Honorine, mais un luxe tranquille,
superbe, un luxe d'héritière.

Elle s'y prit bien : car, en quinze jours, Gabriel
fut tout à sa dévotion. Il se plut à satisfaire ses
moindres caprices, et elle en eut beaucoup. Il
était naturellement prodigue : sachant qu'il n'aurait jamais d'enfant, et se trouvant le dernier de
sa famille, il ne tenait point à conserver ses capitaux. — Seulement, il se réservait un château
en Normandie, acquis par un arrière-grand-père
lors de la vente des biens nationaux, et dont le
revenu annuel était d'environ vingt-cinq mille
francs. Il pourrait toujours se retirer là, s'il parvenait à se ruiner.

Métivier n'avait ni assez de forces pour être un
viveur, ni assez d'esprit pour être un sceptique.

Jusqu'à vingt-six ans, — l'âge auquel il rencontra Palmyre, — il avait promené à travers les
plaisirs de son existence de millionnaire un ennui
bête, une indifférence de blasé qui n'a pas vécu,
mais qui a trop vu. Le jeu, les courses, les romans, les femmes le fatiguaient également. La
faiblesse de son corps empoisonnait toutes ses
jouissances. Par crainte de s'user, il renonça aux
distractions violentes, pareil à ces gens privés d'appétit et qui n'osent prendre des excitants. Il se
consumait, comme une chandelle mal fabriquée
qui fond à la chaleur malsaine d'une boutique,
sans même être allumée.

Au commencement, sa passion pour Palmyre
l'effraya ; puis il y vit une sorte de remède, une
attache à la vie. Et il s'abandonna.

Il n'eut aucune prudence, aucun calcul.

Ce fut lui qui introduisit auprès de sa maîtresse
son ami d'enfance, le docteur Salomon Profès.

Par là, il montra combien il se métamorpho-
sait. Il se croyait aimé : il ne l'était pas. Palmyre
avait besoin de mâles plus vigoureux : les caresses
de ce chétif l'excitaient sans l'apaiser. De temps
en temps, elle acceptait pour une nuit les amis de
son amant.

Ce fut ainsi qu'elle connut Profès.

Celui-ci n'était pas homme à sortir d'une bonne place une fois conquise. Par des complaisances habilement ménagées, par des refus plus habiles encore, par sa présence continuelle dans la maison, il sut se rendre nécessaire. Bientôt il fut indispensable. — La conquête de Palmyre n'était pas, du reste, un caprice : ce fut une expédition savamment conduite, un coup de maître qui devait établir ses affaires.

Profès avait jadis fait ses classes avec Gabriel. Au lycée, grâce à une intelligence féconde en trucs, il passa toujours pour assez fort. Plus tard, en revanche, il eut peine à réussir ses derniers examens.

Pendant ses premières années d'études, il souffrit de la misère : bâtard, il vivait d'une pension mensuelle que lui faisait son père inconnu. Son nom juif était peut-être une supercherie pour l'égarer un jour dans ses recherches. Sa mère avait été une femme à la mode presque célèbre sous Louis-Philippe ; longtemps, pour ne pas lui causer de tort, elle renonça à le voir ; quand la misère l'obligea à demander des secours à son fils, celui-ci était déjà assez prudent pour mettre sa piété filiale d'accord avec ses intérêts. Il la vit quelquefois, secrètement. Elle finit par mourir à l'hôpital.

Profès s'était très bien rendu compte de la tache
de son origine : ne pouvant l'effacer, il s'appliqua
à la cacher. Il y réussit : partout il passa pour
un provincial de médiocre fortune, orphelin, in-
dépendant.

Peu à peu, la pauvreté lui parut étrangement
lourde.

Il fut las du manger dans les restaurants de bas
étage, et pas même tous les jours ; las de sa mansarde où il étouffait l'été et grelottait l'hiver ; las
surtout d'assister de loin aux plaisirs de ses camarades sans pouvoir en prendre sa part, d'écouter des récits de parties fines et des descriptions
de femmes qui lui faisaient bouillir le sang, de
refuser des invitations faute d'un costume présen-
table ou de linge en bon état.

En même temps, ses appétits augmentaient. Il
avait pour maîtresse une petite ouvrière de dix-
sept ans, toute fraîche, gentille à croquer dans sa
robe de jaconas, avec un chapeau d'été fleuri d'a-
bord comme le printemps, puis fané comme l'automne et bravement porté malgré les premiers
froids. Il n'avait pas d'amour pour elle. Il rêvait
la grande débauche, ces femmes dont tout Paris
se montre au Bois les visages placardés de cold-
cream et les cuirasses de satin. Il se figurait que

4

les lèvres se collent mieux sur les lèvres passées au rouge, qu'on peut mieux aimer dans des boudoirs parfumés. Il avait soif de vertiges inconnus, il désirait des entraînements, des choses qu'il ne se définissait pas à lui-même. Et il connaissait ses chances de succès; sa beauté, dont il était fier, lui rendait plus pénible encore sa misère; souvent, il se disait qu'une seule occasion suffirait à lui ouvrir le chemin de la fortune; mais, cette occasion-là, il n'avait pas même les moyens de la chercher.

Pourtant il finit par la trouver.

Un jour, au bal de l'Opéra où il était allé avec un billet donné et un habit emprunté, une femme à la mode se piqua pour sa jeunesse, pour son beau visage à la fois naïf et pervers, d'un de ces caprices qui peuvent devenir des passions. — De ce jour, il ne manqua plus de rien.

La petite ouvrière fut abandonnée, sans un adieu, sans un regret. Elle en fit une maladie dont elle faillit mourir et ne se rétablit que pour mal tourner.

Les splendeurs de sa nouvelle position n'empêchèrent point Profès d'achever ses études. Au contraire; il se mit au travail avec ardeur, sentant bien qu'il lui fallait une position pour expliquer ses dépenses et cacher leur source réelle.

Quand il s'établit, il déploya d'abord une grande activité ; puis il se borna à soigner les gens de son monde. Alors, il passa pour un riche praticien amateur. On lui prêta d'autant plus de science qu'il en faisait moins affaire. Ses rares malades avaient en lui une confiance illimitée ; il fit deux ou trois cures merveilleuses, surtout parmi les femmes. On lui donna la spécialité des maladies de nerfs.

En réalité, son métier l'ennuyait. Il préférait vivre d'expédients, d'emprunts, de jeu. Il avait des secrets pour rendre ses maîtresses folles de lui, et il leur soutirait de l'argent sans même qu'elles s'en aperçussent, sans que personne eût l'idée de lui jeter à la face le nom qu'il méritait.

.D'ailleurs, certains côtés brillants de son caractère écartaient les soupçons. Il était d'une bravoure à toute épreuve, froide et cruelle.

Un jour, un étranger l'accusa de tricher au jeu ; puis, comme tout le monde se récriait, lui fit des excuses. Profès ne voulut pas les accepter, et tua son adversaire à la seconde passe, sans la moindre émotion.

Une autre fois, l'édifice de sa fortune fut bien près de crouler : une femme, avec laquelle il venait de se fâcher, répandait le bruit qu'il lui devait de l'argent. Il alla lui parler, elle se démentit.

Ces deux aventures, — les deux plus gros orages de sa vie de hasards, — ne lui firent aucun tort. Tandis que Paris, tour à tour, élevait sur le pavois de ses admirations et roulait dans sa fange mille chevaliers d'industrie comme lui ; tandis que le hasard démasquait à chaque instant un aventurier maladroit, Profès restait debout, respecté.

Cependant le moment vint où, riche de cinquante mille francs de dettes dont il ne lui restait que les créanciers, il se trouva à bout d'expédients.

De ses deux maîtresses de rapport, l'une venait d'être quittée par son amant et se trouvait sans ressources ; — l'autre, — la meilleure, — était partie avec un nabab de la suite du schah de Perse. Un créancier intraitable le menaçait de poursuites : c'était sa perte absolue, irréparable, la ruine de son crédit, les mystères de sa vie dévoilés, les hontes de son existence étalées.

Pendant quelques jours d'anxiété, il se vit à l'index de sa société, obligé de cacher sa misère dans les bas-fonds de Paris, grelottant comme au temps de sa jeunesse dans quelque mansarde délabrée, forcé pour vivre de s'établir dans un quartier malpropre et de faire des visites à vingt sous dans des gîtes puants. Et il se souvenait d'une scène où lui-même avait chassé d'un cercle, dont il était président, un marquis ruiné convaincu d'avoir attaché son blason aux crochets d'une femme. Et il se rappelait les chutes piteuses auxquelles il avait assisté : de faux grands seigneurs tombés de leur luxe dans la boue du trottoir ; des capitalistes véreux exécutés partout ; des nobles étrangers réclamés comme escrocs par de lointains gouvernements, et des faussaires distingués, et des mendiants du meilleur monde...

Mais justement à cette époque, comme si une Providence avait veillé sur lui, il rencontra Palmyre. En peu de temps, il prit sur elle une grande influence. Sans en avoir l'air, il lui inspira bien des idées qu'elle n'aurait jamais eues toute seule. Grâce à lui, à ses observations perfides, elle changea ses plans et fit aussi des rêves.

Palmyre n'avait jamais eu que du mépris pour ses hommes, sauf peut-être pour le carabin de sa jeunesse. Tout à coup, au moment où elle avait trouvé une source, pour sa fortune, au moment où, raisonnable, elle songeait à assurer son avenir, elle rencontrait un être extraordinaire, celui qu'il

lui fallait et qui, sans même qu'elle s'en aperçût,
lui engloutissait ses épargnes !... Au commencement, elle ne s'en effraya pas : on pouvait vivre à
deux sur la fortune de Métivier. Mais Profès,
d'abord un caprice, une distraction, devint de
plus en plus nécessaire, s'imposa en prenant une
importance considérable. Elle lui fit des scènes.
Souvent, pour l'avoir une nuit, elle commit de
graves imprudences. Alors, la contrainte la gêna ;
elle regretta de n'être pas libre, riche par elle-
même, sans nul besoin d'un amant ennuyeux.
Puis elle eut des inquiétudes : si cet amant, — indispensable, après tout, puisqu'il les faisait vivre,
— découvrait leur liaison?... Et il semblait impossible qu'il ne la découvrît pas un jour ou l'autre :
elle, pour son compte, n'était guère prudente ;
elle éprouvait comme un besoin d'afficher Profès ;
étant fière de lui, elle souffrait de le cacher... En
outre les sommes, même considérables, données
par Gabriel, s'évanouissaient toujours : il aurait
fallu, non des liasses de dix ou vingt billets de
temps en temps, mais un capital, un capital dé-
finitif, dont les revenus pussent lui suffire ; et
elle se mit à calculer les avantages d'une donation.

Cependant, Profès lui parlait souvent de la ma-

ladie de Métivier ; les progrès de cette maladie lui
sautaient aux yeux à elle-même ; elle pensa qu'il
importait d'agir un peu vite.

Ses intérêts la rendant attentive, elle observa
que Gabriel s'affaiblissait beaucoup quand il passait plusieurs jours de suite auprès d'elle. La
moindre contrariété qu'elle lui causait, la moindre
jalousie le plongeaient dans de longs abatte-
ments ; elle pouvait à son gré lui donner des nuits
de fièvre dont il se relevait presque mort ou
l'endormir comme dans un bercement ; ses soins
lui profitaient mieux que tous les remèdes ; ses
négligences augmentaient son mal : donc elle
était maîtresse de cette vie, elle en pouvait dis-
poser !...

Cette découverte l'effraya : elle avait peur d'elle-
même ; pour repousser la tentation, pendant plusieurs jours elle eut pour son amant des tendresses de mère.

Mais cela ne dura pas : ce moribond la dé-
goûtait ; ses caresses lui faisaient peur ; en sortant
de ses bras, elle sentait avec plus de force le
besoin des vigoureuses étreintes de Profès. Sa
passion augmentait en raison de ses sacrifices ;
quand elle avait en quelque sorte ressuscité
Gabriel, elle éprouvait un regret de prolonger

cette existence dont elle supportait le fardeau...

Alors, peu à peu, elle remplaça dans ses rêves la donation par l'héritage. Et, tout en songeant à ce que lui procurerait cette immense fortune, elle prit Métivier en horreur.

Après tout, ce n'était pas sa faute, à elle, s'il se tuait par des plaisirs auxquels il n'avait plus la force de suffire. Cette incontinence, chez un pauvre être à demi mort, était même ignoble. Comment! il pouvait à peine se traîner, il inspirait de la compassion par sa figure de squelette, il avait des maux d'estomac continuels qui lui infectaient l'haleine, des accès d'une toux lamentable, des sueurs froides qui lui rendaient les mains moites, des crachats verdâtres, squameux, qui dégouttaient sur les cendres du foyer, et il voulait être aimé pour lui-même! C'était pas trop bête. On se serait apitoyé sur son sort, s'il s'était retiré pour mourir seul, avec dignité. Mais il était ridicule comme un vieux fat. Non, elle ne chercherait pas à le faire durer ; une existence comme celle-là n'en valait pas la peine. Et, puisqu'elle se dévouait à le soigner pendant ses derniers jours, puisqu'elle supportait l'ennui de ses caresses, il était juste qu'elle fût récompensée... Seulement, elle devait prendre des précautions et se conduire avec adresse.

Alors, sa manière d'agir changea : au lieu d'engager Métivier à faire pour elle de grandes dépenses, elle le poussait à l'économie, en partie pour le séduire par son désintéressement, en partie aussi parce que l'avarice lui venait, parcequ'elle jugeait inutile d'entamer plus à fond, sans plaisir, une fortune dont elle se regardait déjà comme seule propriétaire. Gabriel avait l'intention de lui acheter un splendide hôtel, avenue de Friedland. Elle ne voulut pas et fit choix d'une modeste habitation plus loin du centre, à Passy.

— Vois-tu, lui disait-elle, ici nous sommes trop en plein Paris... Je voudrais être seule avec toi, comme à la campagne... Il me semble que là-bas nous nous aimerons mieux... Et puis, non !... Je ne veux pas te ruiner, toi !...

— Mais je suis riche.

— C'est égal. Je t'aime pour toi, non pour ton argent... Je veux que tu en sois bien sûr... Et puis, tous ces gens que nous voyons de nos fenêtres me connaissent trop ; à quoi bon montrer notre bonheur aux passants... Crois-moi, nous serons bien plus heureux tout seuls, comme dans un nid.

Gabriel céda. Il acheta, au nom de Palmyre Veulard, une petite maison, style chalet suisse, située au coin du boulevard Beau-Séjour et de la rue du Ranelagh. Un jardin en miniature, où deux arbres de Judée et quelques rosiers se trouvaient mal à l'aise, la séparait de la route. A droite du bâtiment, une rallonge formait les écuries.

La maison avait deux étages : au rez-de-chaussée se trouvaient un grand salon et la salle à manger, les cuisines étant au sous-sol : le premier étage comprenait la chambre de Palmyre, son boudoir et une pièce qui lui servait d'atelier ; car, depuis peu de temps, elle s'était mise à peindre, — la mode en commençait chez les filles, — et copiait avec ardeur des modèles de fleurs. L'appartement du second étage servait à Gabriel.

Palmyre ne voulut conserver que deux ou trois de ses meubles de luxe, ceux auxquels Métivier tenait plus particulièrement. Elle ne consentit jamais à avoir deux chevaux. Comme domestiques, elle se contenta d'Irma, d'une cuisinière et d'un cocher sans livrée.

Profès ne fut pas sans remarquer l'étrange désintéressement de sa maîtresse et il soupçonna quelque chose de ses plans. Mais il était trop

habile pour se compromettre à lui en parler. Il
l'attendit première, se contentant de la seconder
sans en avoir l'air, profitant de toute occasion
pour vanter à Gabriel le dévouement de Palmyre.
Cependant, jamais il n'osa attaquer la question
d'un testament. Quand Métivier, deux ou trois
fois, l'interrogea à ce sujet, il lui répondit par
des phrases vagues : on a toujours raison de
prendre ses mesures... on devrait toujours con-
sidérer les choses du plus mauvais côté, compter
avec les progrès de la maladie, non avec la guérison... Pourquoi, d'ailleurs, tarder, quand il
s'agit d'une chose aussi simple ?... pour avoir pris
ses précautions, on ne mourra pas une heure
plus tôt !...

— Mais, je n'ai pas de parents, lui dit un jour
Gabriel, dans une de ces discussions : des cousins
éloignés, voilà tout. Il m'importe peu que l'un ou
l'autre soit mon héritier !

Alors Profès, jugeant l'heure venue, se décida à
lancer le premier ballon d'essai, vertueux, faisant
sonner de grands mots. Et Palmyre ? elle se conduisait en femme légitime ; n'était-il pas juste de
la traiter mieux qu'une maîtresse vulgaire ?

Ce serait d'un bon exemple ; dans leur monde,
les hommes sont trop portés à mépriser ces

pauvres créatures qui, après tout, leur donnent leur sang et leur vie. Palmyre riche deviendrait peut-être une honnête femme ; en tout cas, elle garderait le culte de celui auquel elle devrait la considération !...

Il posait ainsi, quelquefois, pour les idées généreuses.

— Certes, dit-il en terminant, on ne m'accusera pas d'être bégueule ; mais, dans les circonstances graves de la vie, il faut savoir juger de haut !

Sous ces arguments, le sens bourgeois de Gabriel, comme piqué par un aiguillon, se réveilla.

— Je ne puis pourtant pas rendre une courtisane cinq fois millionnaire ; ce serait à décourager les filles sages !...

Profès ne répondit pas. Il pensa qu'il fallait du temps pour que ses idées, semées ainsi, pussent germer.

IV

C'était la veille du départ. Gabriel, seul sur le balcon, contemplait, comme pour bien le fixer dans son souvenir, le paysage au milieu duquel il avait vécu des semaines d'amour. Partant de la maison, l'enfilade des grilles voisines se terminait brusquement au contour du boulevard, coupant d'une tache rouge, dans la perspective, l'éclat des fortifications gazonnées. Les cheminées de brique tranchaient dans le bleu du ciel, tandis que les lueurs chaudes du soleil donnaient aux toits d'ardoises des tons violets très tendres. A travers les arbres de l'avenue on apercevait, sur les pelouses de la Muette, les tabliers blancs des bonnes, les robes à grosses couleurs des enfants au jeu, les

dos noirs et arrondis des bourgeois assis pour
savourer leur journal. Le murmure des conversations de tous, des cris de joie ou des sanglots des
bébés, montait dans l'air et se mêlait au vacarme
de charpentiers au travail, de lourdes voitures de
roulage chargées de gravier qui, de temps en
temps, s'arrêtaient devant des cantonniers. Sur
tout ce coin de Paris, le mois de juin versait de
chaudes gaietés. Dans les jardins, des roses et
des seringas confondaient leurs parfums. Sur le
bord du chemin, des pissenlits, des pâquerettes
offraient leur calice à des papillons blancs. De
chaque arbre sortaient des concerts, des gazouillis racontant aux passants les amours d'un peuple
d'oiseaux. Les branches s'entre-choquaient doū-
cement avec un murmure, les feuilles frison-
naient. Des désirs flottaient dans l'air, et, sur le
pont de bois élevé au-dessus de la voie ferrée, des
couples passaient, bras dessus bras dessous, les
yeux dans les yeux...

Gabriel restait sous l'impression d'une lassitude
désespérée. Le soleil de ce beau jour, au lieu de
faire bouillonner son sang comme il fait monter
la sève dans les plantes, lui donnait une somnolence morne, des rêves mièvres. Diverses pensées
se présentèrent à lui ; il n'en put suivre aucune.

Et, sans entendre le fracas du chemin de fer, il regardait d'un œil stupéfait la locomotive broyer les rails, crachant des étincelles et englobant dans sa fumée les impériales chargées de blouses bleues.

Dans le salon, seuls au milieu du désordre des préparatifs, Palmyre et Profès causaient affaires.

— Il y a une seule chose à redouter, expliquait Profès : c'est qu'on t'accuse de captation... Ainsi, fais bien attention à ta conduite... A l'hôtel, n'aie pas l'air de l'isoler; recherche plutôt la compagnie; montre-toi dévouée, soumise, convenable... Tâche de passer pour sa femme légitime... Chut! prends garde !...

A toutes ses recommandations elle répondait:

— Oui, oui... Sois tranquille !... ne crains rien !...

Mais son esprit était ailleurs. La pensée de la séparation éveillait sa jalousie; elle se demandait pourquoi Profès avait refusé de les accompagner, trouvait mille raisons en dehors de leur projet. Et si le séjour en Suisse se prolongeait? Des mois s'écouleraient peut-être, de longs mois, aux côtés de ce moribond, sans le moindre plaisir: il y avait de quoi la rendre malade !...

Elle saisit la main de Profès, comme pour se

donner du courage, et se pencha vers lui. Très
froid, il la repoussa en lui recommandant la prudence et en regardant du côté du balcon. Puis,
remarquant qu'elle ne lui prêtait pas une attention suffisante, il s'impatienta :

— A quoi bon parler ?... Tu n'écoutes pas !

Elle se fit humble.

— Si, si, je t'assure...

— Ne crains pas d'être un peu coquette, mais
pour lui seulement ; les autres ne doivent pas
s'en apercevoir. Par ce moyen, tu pourras le retenir dehors tard, l'entraîner à des courses trop
longues... Seulement, ne fais pas de bêtises tout
de bon... Ah ! par exemple, prends bien garde, tu
sais !

Elle crut cette phrase dictée par la jalousie.

— Oh! tu n'as rien à craindre ! fit-elle en le
câlinant.

Lui, tout à sa démonstration, s'oublia.

— Il ne s'agit pas de cela; ce que je t'en dis,
c'est dans notre intérêt commun...

... Décidément, Profès apportait trop d'ardeur
à leur projet. Depuis quelques jours, il en était si
absorbé qu'il en oubliait sa maîtresse. Il lui avait
dressé déjà plusieurs fois son plan de conduite.
Elle eût préféré passer autrement leurs derniers

jours à Paris... A plusieurs reprises, elle essaya
de l'attirer à elle. Mais lui la repoussait en jetant
un regard sur le balcon.

— Que tu es imprudente !... Tu vas nous faire
surprendre, et tout sera perdu !

— Non. Il n'y a aucun danger, je t'assure !...
Je connais Gabriel : quand il est comme cela, il
peut rester des heures à regarder sans voir...
Viens !

Il haussait les épaules et reprenait son thème.

Tout à coup, elle eut un caprice.

— Si je faisais retarder le départ ?... Nous
aurions encore une nuit.

— Garde-t'en bien, Gabriel voudrait coucher
avec toi... D'ailleurs, ce serait à recommencer
demain : il faudra bien nous séparer quand
même.

Pourquoi mettait-il tant de vivacité à lui refuser un jour, un seul jour ?... Il avait sans doute
déjà des rendez-vous pour le soir ; que serait-ce
quand il serait libre ?...

... Cependant, sur le balcon, Gabriel s'était
comme endormi. Les sifflets aigus de la locomotive ne le tiraient même plus, à intervalles réguliers, de sa lourde somnolence. Et certaines pensées se développaient en lui, vagues comme des

songes. D'abord, ce fut un regret de Paris, de
ce Paris où restaient ses meilleurs souvenirs, où
il avait toujours vécu, où il aurait voulu mourir,
s'il fallait mourir. Puis la crainte, si naturelle
aux malades, de l'inconnu, de la solitude; car
là-bas, il vivrait seul avec Palmyre, — Palmyre,
bonne fille et tête d'oiseau, nullement-habituée à
remplir auprès d'un homme les tristes fonctions
de sœur de Charité. Peut-être manquerait-il de
confort. Et, comme il n'avait jamais vu la Suisse
qu'à l'Opéra, il se figurait des paysages désolés,
avec des rochers nus ou des forêts de sapins noirs
qu'un vent agite lugubrement. Il pensait que
rien, dans un pays semblable, ne pouvait-le ratta-
cher à l'existence. Et il se voyait expirant par
une nuit de tempête : des éclairs fendaient de
leurs déchirements de feu le ciel où s'entre-choquaient de gros nuages ; des arbres centenaires,
déracinés par la foudre, tombaient avec des cra-
quements ; par le toit mauvais d'une chaumière
perdue au milieu des bois, la pluie ruisselait sur
son lit d'agonie ; Palmyre tremblait dans un coin,
épouvantée, inutile... Puis, peu à peu, d'autres
pensées lui vinrent : sa maladie s'aggravait ; Palmyre, lassée, l'abandonnait ; des étrangers va-
guaient autour de lui, écoutant avec indifférence

ses râles et son dernier soupir... Ainsi, c'était
toujours la mort, la mort désolée du misérable
abandonné, de l'homme que nulle affection n'en-
toure...

En ce moment, on lui frappa sur l'épaule. Il
ne s'en aperçut pas. C'était Palmyre.

— Tu vois bien, fit-elle à Profès. Il est comme
endormi. Il restera ainsi jusqu'à ce qu'on l'appelle
ou que l'air le fasse tousser... Viens donc.

Et tous deux sortirent du salon.

Alors les pensées de Gabriel prirent une autre
direction. Des soupçons incertains l'effleurèrent,
tandis qu'il souffrait d'un vague malaise. Devant
ce voyage nécessaire vers lequel on le conduisait si doucement, il s'arrêtait parfois comme,
poussé pas à pas par les conducteurs, l'animal s'ar-
rête brusquement, soufflant des naseaux, et averti
par un flair de divination avant la porte de
l'abattoir. Il se demandait pourquoi les figures
de Palmyre et de Profès lui passaient toujours
ensemble devant les yeux. Puis, dans son demi-
sommeil, il revit certains détails qui, dans la réalité, lui avaient échappé : un jour, comme il rentrait inattendu, Profès paraissait gêné ; une autre
fois, dans un bal, il surprenait entre eux des si-

gnes d'intimité ; sans cesse ils se cherchaient ;
Palmyre remarquait l'absence du médecin, ayant
des airs d'ennui quand il restait plusieurs jours
sans venir... Pendant quelques minutes, il eut le
sentiment très net de ce qui se passait derrière
lui ; une sorte d'intuition lui montra sa maîtresse
aux bras de son ami. Il pouvait s'en assurer en
allant regarder au salon ; mais, comme dans un
cauchemar, il se sentait impuissant, et longtemps
encore il resta cloué sur le balcon. Rappelé enfin
à lui par un long accès de toux, il rentra.

Profès et Palmyre semblaient très occupés à
mettre de l'ordre autour d'eux. Néanmoins, Palmyre embrassa Gabriel, et Profès lui dit :

— En Suisse, vous ne resterez pas si tard
dehors ; l'air du soir est mauvais pour vous.

Gabriel s'assit dans un fauteuil. Ses soupçons
disparurent : Profès était son meilleur ami ; Palmyre l'aimait, il pouvait en être sûr. Pendant
qu'il doutait de leur loyauté, lui, le remplaçait
dans ses soins de maître de maison ; elle, jetait
un dernier coup d'œil sur les choses qu'on laissait, ficelait un paquet, prenait des précautions
pour que rien ne se gâtât pendant l'absence. Oui,
elle était soigneuse comme une vraie ménagère,
bonne pour lui comme une épouse dévouée. Et il

eut un remords de l'avoir soupçonnée, avec un grand attendrissement.

Pauvre fille! Sans peine elle aurait pu trouver un millionnaire comme lui, mais sain, gai, vigoureux. Malgré son piteux état, elle l'avait préféré; capable de sentiment à l'inverse de ses pareilles, elle continuait de l'aimer. Certainement, il la récompenserait : elle aurait l'existence assurée après lui; une créature honnête comme elle ne devait pas être rejetée dans sa vie de hasards après avoir donné à un mourant le meilleur de son sang... Mais qu'était-ce que de l'argent en échange de tant de bontés!...

Il se leva, s'approcha d'elle en étouffant ses pas sur le tapis, lui prit la taille et la baisa sur la nuque. Elle lui rendit sa caresse en souriant.

Vers les cinq heures, on servit le dîner; il fallut manger en hâte pour ne pas manquer le train.

Ce dernier repas fut triste. Au commencement, Profès essaya d'engager la conversation; puis, comme ses hôtes, distraits, lui répondaient à peine, il finit par garder aussi le silence. Seul il avait quelque appétit.

Palmyre grignota une aile de volaille avec un peu de salade. Quant à Gabriel, il refusa tous les

5.

plats ; et il restait à penser à des choses très tristes devant son assiette vide. La vague idée de la
mort le poursuivait ; au moment de partir, il se
sentait un amour comme nouveau pour Paris.
Les mille plaisirs qui l'avaient blasé revenaient à
sa pensée ; lui qui n'allait plus au théâtre, il
éprouva soudain l'envie de regarder, d'une loge,
de belles femmes nues dans leurs costumes paille-
tés s'avancer aux feux de la rampe ; un instant, il
rêva les émotions des courses, les rencontres au
Bois... Et justement un orgue de Barbarie, arrêté
devant la porte, jouait la ritournelle de la valse
des *Cent Vierges :*

> O Paris, gai séjour
> De plaisir et d'ivresse,
> O ville enchanteresse,
> A toi mon seul amour !...

Le pied-bot qui tournait la manivelle allait trop
lentement, la mélodie sémillante se traînait avec
peine, comme un papillon dont l'aile est cas-
sée...

Profès recommanda les asperges ; sa phrase
tomba dans le silence, et resta sans réponse...

Cependant, le pied-bot s'arrêta au milieu d'une
phrase ; puis, ragaillardi sans doute par quel-

que aumône généreuse, il reprit avec plus d'entrain. Alors les notes allègres se mirent à courir avec folie, se précipitant les unes après les autres, plus vite que le vertige du rythme. Et la valse tournait, tournait de plus en plus rapide, éperdue, entraînant les danseuses qui passaient comme dans un rêve, brunes, blondes, les yeux brillants, la bouche entr'ouverte, haletantes et la taille pliée dans de fortes étreintes. A cette irrésistible joie des sons, tout venait de s'illuminer d'un autre jour, les pensées graves se faisaient roses, quelque chose comme une clarté d'aurore s'étendait sur les horizons de l'avenir... Gabriel revenait sur Paris. Après tout, ce voyage le remettrait peut-être : tant de fois, la science avait dû rapporter ses arrêts, et d'ailleurs, avait-il jamais été bien réellement condamné?... Il reviendrait dans six mois, plus tôt peut-être, renouvelé, refait, puissant, la poitrine élargie, prêt aux plaisirs de l'hiver ; puis...

Et, sans même s'entendre, il se prit à fredonner la ritournelle.

Palmyre et Profès, étonnés le regardaient...

Mais tout à coup, l'air joyeux s'étrangla court sous la clavette poussée, et après un silence de reprise, lentement, cette fois, tout lentement, le

Miserere du *Trouvère* poussa dans l'air sa lamentation désespérée :

> Ah ! che la morte ognora
> É tarda nel venire...

Gabriel, aussitôt, s'était tu. Irma continuait le service du repas.

Profès, impassible mangeait. Palmyre qui n'avait pas faim, s'étonnait de l'appétit de Profès : s'il avait quelque amour pour elle, s'occuperait-il ainsi de son estomac à l'heure de la séparation ? Somme toute, au fond, ce pauvre Gabriel valait mieux. Lui parti, son dernier rempart, comment Profès la traiterait-il ? Plusieurs fois déjà, il avait laissé échapper des signes de brusquerie, de brutalité presque. Comme par moments il avait le regard glacé, mauvais ! L'aimait-il ? Qui aurait pu jamais pénétrer sa vraie pensée, à celui-là ? Quand il serait le maître, le seul maître, que ferait-il d'elle ?

Et l'orgue poussait toujours, de plus en plus lent, son chant navré :

> Ah ! che la morte ognora...

Elle avait souvent ainsi de sourdes révoltes con-

tre cet homme. Quand il venait de la quitter, dès
qu'il avait cessé d'être là, elle songeait à se déli-
vrer de lui ; plus d'une fois, elle se le promit.
Quelques heures après, mécontente de tout, agitée, elle l'attendait. Chaque minute de plus lui
devenait un supplice à la fin intolérable. Hors
d'elle-même, haletante comme un chien qui a soif,
elle le voulait, elle l'eût été chercher au bout du
monde. — Mais pour lui, qu'était-elle ? Que lui
réservait-il ?... Quel mal ?... En ce moment même,
là, près d'elle, à quoi, à qui pensait-il ?

Et l'orgue recommençait encore, en le traînant,
le chant funèbre, angoisses amères, sanglots, dé-
sespérance :

> Ah ! che la morte ognora
> È tarda nel venire...

Gabriel était absorbé, accablé, sans pensée, envahi par l'infiltration de la mélodie lugubre qui le
faisait frissonner. Tout pour lui venait de se re-
faire noir. Rien ne lui était plus, à ce moment :
ni cette fille, qui avait été toute sa vie, ni cet autre, là, qui n'existait pas. Replié sur ses tristesses,
il regardait devant lui, et ne voyait que l'inexorable
suaire dans lequel le corps se raidit, et la fosse

abandonnée sous les herbes que la pluie d'automne mouille, la fosse où l'on a froid pour l'éternité. Et sombre, tout à lui seul, farouche, il achevait de s'effondrer, de se dissoudre dans un irrésistible attendrissement sur lui-même...

Et quand une dernière fois l'orgue se reprit à
sangloter la phrase déchirante :

Non ti scordar di me...

— Je ne peux pas.,. Je ne peux plus... mur-
mura-t-il, étouffant, et faisant signe qu'on ren-
voyât...

— Renvoyez cet orgue et servez le café, dit Profès à Irma... Vite! — Ce n'est rien : un spasme,
ajouta-t-il en se tournant vers Métivier... Venez
vous remettre en respirant sur le balcon.

Quand Gabriel fut un peu remis, on prit le
café, en toute hâte.

Grâce à ses réflexions, Palmyre se croyait résignée au départ.

D'ailleurs, elle espérait trouver des distractions
à l'hôtel. Au milieu de cette foule d'étrangers rassemblés par les hasards de la maladie, elle brille-
rait de l'éclat de sa santé. Ses trente ans ne lui
pesaient pas : elle se savait encore belle sous les

rayonnements de sa chevelure; elle n'avait pas
perdu la puissance fascinatrice de ses yeux clairs;
sous un certain air de femme du monde, elle laissait deviner la courtisane habile, la créature qui
joue de son corps comme un virtuose d'un magnifique instrument. Sans aucun doute, elle éclipse-
rait les Anglaises fades, souffreteuses, qui portent
sur les rives du lac de Genève les pâleurs anémi-
ques des brouillards de la Tamise; et les femmes
du pays, — apparemment toutes paysannes, —
céderaient le pas à sa grâce provocante. Parmi les
voyageurs, — parmi ceux qui, sans souci de leur
santé, recherchent les dangers des ascensions, les
vertiges des montagnes, — de temps en temps elle
trouverait un caprice. Et quand Gabriel serait
mort, tué par cet air trop vif qui, à elle, lui fouet-
terait le sang, la rendrait plus belle, peut-être par-
tirait-elle avec un inconnu, laissant Profès aux
prises avec les aventures de sa carrière.

Profès ne soupçonnait pas ce danger.

Il avait une foi aveugle en sa personne ; profitant du silence de ses hôtes, tout en savourant la
fumée bleue d'un havane, à demi renversé sur sa
chaise, il lâchait ses ambitions.

Le but lui semblait presque atteint, le succès
assuré. En tout cas, il avait joué son rôle, il n'a-

vait plus qu'une chose à faire : attendre. A vrai
dire, Gabriel n'avait pas fait son testament ; là
était le danger de la partie, un danger contre lequel il ne pouvait plus rien. Sûr de son influence
sur Palmyre, il eut cependant une inquiétude en
pensant aux voyageurs des hôtels, à leurs séductions vraies et fausses; une imprudence, une de
ces légèretés auxquelles il n'attachait, lui, aucune
importance, pouvait tout gâter... Alors, se penchant vers elle, il lui dit tout bas :

— Tu sais... méfie-toi des étrangers, et prends
bien garde !...

A ces paroles, sorte de réponse à ses pensées intimes, elle regarda cet homme qui savait ainsi
voir au fond d'elle et, rencontrant ses yeux lui-
sants, fascinateurs, elle sentit courir de nouveaux
dans ses veines ces frissons de fièvre qu'il y excitait toujours.

D'où lui venait ce pouvoir étrange?... Ah! jamais des princes baroques ou des aventuriers
vulgaires n'auraient un regard semblable, un de
ces regards auxquels on ne résiste pas, parce
qu'ils promettent trop ! Il lui faudrait Profès, toujours Profès! Aucun autre ne le remplacerait auprès d'elle ; elle ferait toujours en vain d'inutiles
efforts pour se raidir contre le despotisme de cet

homme; elle retomberait sans cesse sous sa domination.

On se leva de table un moment avant six heures. Il y eut quelques minutes de désarroi, pendant lesquelles Irma porta de menus bagages dans la voiture. Palmyre tremblait en mettant son chapeau. Comme Gabriel descendait le premier, elle se jeta dans les bras de Profès, toute pleurante et balbutiant :

— Il faut que tu partes avec nous... Je le veux!...

Lui, répondait :

— Impossible!... impossible!... Ah! si mes affaires ne me retenaient pas!...

Elle insista.

— Tes affaires! Qu'importe tes affaires, puisque nous allons être riches? Lâche tout, et viens : tu le peux!...

— Non, non, vois-tu!... Ça ne serait pas prudent!... Gabriel aurait des soupçons!

— Eh! depuis trois mois nous vivons ensemble, sous ses yeux, sans qu'il s'en aperçoive. Pourquoi découvrirait-il aujourd'hui ce qu'il n'a pas su voir plus tôt?.. Lui crois-tu donc la moindre clairvoyance, à cet imbécile?...

Il répéta seulement :

— On n'est jamais trop prudent dans ces sortes
d'affaires.

Elle commençait à se sentir sourdement irritée.

— Oui, oui... prudent!... Parle-moi de ta prudence, je te le conseille!... Tu veux rester un peu
seul, voilà !... Oh! je te devine, va! Ça n'est pas
difficile : il y a une femme là-dessous... Je gage
qu'il y a une femme!... Eh bien! je veux que tu
viennes, entends-tu?... Sinon, dans quinze jours
je te le ramène, ton malade... en bonne santé,
bien entendu... Et zut pour les millions, mon
cher!...

Elle s'excitait en parlant. Il eut peur.

— Ecoute, dit-il, il m'est impossible de partir à
présent; mais je vous rejoindrai...

Elle n'avait pas l'air de le croire... Il ajouta :

— Je te le jure!

Elle ne le crut plus du tout.

— Tout ça, c'est bon pour me ficher dedans...
Mais, quand nous serons partis, tu ne tiendras
pas ta parole... On la connaît, celle-là !...

Il protesta; mais elle était en colère tout de bon,
elle criait :

— Quelle noce tu ferais, si on te laissait libre,
hein! mon bonhomme!... Heureusement, on voit
clair dans ton jeu!... Tu veux profiter de mon

absence pour en avoir d'autres... Très malin, sais-tu?... Ah! tu demandes qui, encore!... Parbleu! Blonda, la chanteuse des Nouveautés!... et Véronique, la guincheuse de l'Opéra, — une guincheuse!... et puis d'autres, je ne sais plus lesquelles, moi!... Non?... Essaye de mentir! Je n'ai pas vu comme tu les regardais, peut-être?... Et tu te figures que je vais m'embêter à te gagner de l'argent pour que tu puisses les entretenir?... Ah! mais non, par exemple!...

Cependant Irma accourut, effarée, disant que monsieur attendait, que tout était prêt, qu'on n'avait pas de temps à perdre. Puis elle redescendit en courant. Comme Palmyre allait recommencer, Profès, voyant qu'elle n'entendrait pas raison, risqua le tout pour le tout.

Il la regarda bien dans les yeux et, lui serrant la main, il lui dit de très près, d'une voix sourde, décidée, pleine de menaces :

— Assez, n'est-ce pas? Descends vite et conduis-toi bien...

Ces paroles furent d'un effet immédiat.

— Qu'avez-vous fait si longtemps ? demanda Gabriel qui était déjà dans la voiture.

Comme Palmyre ne répondait pas, Profès dit :

— Palmyre s'est trouvée un peu indisposée...

Je lui ai fait prendre un cordial... Oh! il n'y a pas
lieu d'être inquiet, mon ami. Ce voyage l'agite,
voilà tout.

Et, pendant le long trajet du boulevard Beau-
Séjour à la gare de Lyon, ils échangèrent à peine
quelques paroles. Irma, qui restait toujours « à
sa place », ne parlait jamais à « ses maîtres ».
Profès, qui jusqu'alors n'avait connu qu'une
Palmyre, venait d'en découvrir une nouvelle,
dont les caprices violents et les coups de tête im-
prévus, l'effrayaient; dans un accès de folie
comme elle venait d'en avoir un, ne pouvait-elle
pas tout compromettre, tomber dans les bras d'un
premier venu à qui elle abandonnerait le prix de
leurs efforts?

Gabriel, abattu, s'intéressait au parcours. Le
cimetière de Passy le frappa d'une douloureuse
impression : sur le fond pâlissant du ciel, les
cyprès se détachaient avec des tons extraordi-
nairement sombres. Alors, il se demanda où, lui,
reposerait : peut-être dans quelque cimetière de
village, sous l'enchevêtrement d'herbes vulgaires,
jaunies par l'automne, incessamment remplacées
par d'autres dont la poussée les fauche... Et
quand les sommets des cyprès eurent disparu, il
dit à ses compagnons :

— Si je meurs là-bas, il faudra ramener mon corps à Paris.

Profès, qui n'avait pas fait attention, lui demanda :

— Plaît-il ?

Et Palmyre dut se faire violence pour l'embrasser en guise de réponse.

A cette heure, elle n'avait plus même pour lui son indifférence accoutumée. Elle se sentait prête à le haïr : elle lui en voulait de n'être pas mort à Paris, comme tout le monde. Comme il toussait, elle pensa aux horreurs de l'agonie qu'il lui faudrait subir. Elle le vit étendu, pitoyable, crachant son dernier poumon, tandis que, dévouée, elle lui soutenait la tête. Elle se demandait si elle aurait la force de jouer son rôle jusqu'au bout, si, impatientée, elle ne le laisserait pas mourir seul quoique le plus gros de l'ouvrage fût déjà fait.

A la gare, Profès s'occupa des billets, de l'enregistrement des bagages, de tout. Gabriel regardait autour de lui d'un air hébété : la banalité des guichets, des affiches partout placardées, du bureau de tabac, du kiosque à journaux, redoublait sa tristesse. Les figures inconnues pressées autour de lui, lui causaient un vague effroi ; dé-

sormais, son existence se traînerait au milieu de
gens semblables, très occupés d'une valise ou
d'une canne à pommeau d'or, indifférents aux
douleurs des autres... Puis il regarda avec attendrissement une scène d'adieux qui se prolongeait
dans un coin : un jeune homme, d'air timide,
partait; son père, sa mère et ses deux sœurs, tous
bourgeoisement vêtus, l'embrassaient tour à tour;
la sœur cadette sanglotait...

Au moment où le voyageur disparaissait dans
la salle d'attente, Gabriel, voyant que l'heure
avançait, se tourna pour serrer la main de Profès.
Et, dans l'adieu du médecin, il sentit quelque
chose de froid qui le glaça... Ce pauvre garçon de
tout à l'heure, qui disait l'adieu aux siens, cet
humble qui partait en quête d'un pain difficile à
gagner, était entouré d'affections, accompagné
de vœux, de pensées fidèles. Lui, le millionnaire, il quittait cet immense Paris où il avait
jeté des poignées d'or, semé des parcelles de sa
vie, sans y laisser peut-être un souvenir. La seule
créature qui l'aimât, c'était une fille que tout le
monde avait aimée. Elle l'accompagnait dans la
solitude; il lui devait beaucoup de reconnaissance...

V

En arrivant à Montreux au milieu de juin, Gabriel et Palmyre ne trouvèrent plus dans l'hôtel
où ils descendirent que de rares malades at-
tardés. Mais des touristes mettaient dans la
maison un va-et-vient continuel.

C'était un défilé d'Anglais baroques, en vêtements à carreaux, les jambes enchassées dans de
longues guêtres, un voile blanc autour du chapeau, des lunettes sombres sur les yeux; de clu-
bistes, le sac sur les épaules, fiers de leur pique
de montagne charbonnée de noms célèbres; ou
encore de jeunes gens du pays en partie orga-
nisée, allant à la Dent-de-Jaman ou aux Rochers-
de-Naye, qui s'entassaient pour la nuit dans deux

ou trois chambres et remplissaient l'hôtel des éclats de leur gaieté.

Un jour, les *cadets* de Lausanne, tambours et musique en tête, conduits par leurs professeurs, traversèrent le village avec leurs drapeaux et leur artillerie.

Une autre fois, une école d'Evian vint visiter un bout de rive suisse ; sur le soir, un orage s'abattit ; les ceintures roses des fillettes à cheveux flottants, fuyant à travers la pluie, la forfanterie des garçons fiers de braver le mauvais temps, la mauvaise humeur des graves magisters pataugeant dans la boue, mirent tout le village en joie. — Ces menus faits étaient les grands événements de la vie de Métivier ; car il vivait retiré, ne pouvant jouir de l'air du soir ou des longues promenades.

A l'encontre de ses prévisions, l'intimité de Palmyre le fatiguait. Forcé de reconnaître son défaut d'esprit, et souvent de délicatesse, il la jugea ennuyeuse ; mais, si elle le quittait pour un instant, une inquiétude l'agitait, une souffrance ; et quand elle revenait, tout en cherchant péniblement des phrases pour l'exciter à son babillage de perruche, il se sentait comme soulagé d'un grand poids.

Elle était devenue partie intégrante de lui-même ; elle lui était indispensable. Puis, quoiqu'il eût renoncé à la joie de lui attribuer de l'esprit, il se faisait encore sur elle d'énormes illusions ; il pardonnait sa platitude à son « bon sens naturel », ses indélicatesses à « son excellent cœur », il admirait « son dévouement pour un pauvre malade ».

Elle affectait un grand amour des promenades dans les bois, des rêveries champêtres. Plus d'une fois, il lui arriva de laisser échapper un murmure d'impatience quand Gabriel, sentant les fraîcheurs du soir, proposait de rentrer ; pour lui plaire, il oublia souvent les recommandations du médecin.

Alors, elle se trouvait heureuse ; elle se plongeait dans une contemplation vague, comme si les mélodies du lac ou les splendeurs de la nature l'eussent absorbée.

A la vérité, la nature ne l'occupait guère ; mais elle aimait à rester tranquille, pour rouler dans sa tête divers problèmes de solution difficile.

D'abord, — et cela l'inquiétait beaucoup, — Gabriel semblait mieux.

Cet air pur, attiédi par la neige des glaciers, teintait de rose sa figure pâle. L'inconnu du pays,

6

les charmes d'un ciel clair, les parfums d'une
végétation libre lui donnaient comme un nouvel
élan de vie. Il respirait plus facilement, ses accès
de toux étaient plus rares, ses nuits d'amour
même lui laissaient une certaine vigueur; moins
mélancolique, il parlait de sa prochaine guérison, il construisait des plans d'avenir.

Ce séjour dans un pays étranger, où il se trouvait bien, lui inspira la passion des voyages. Il
parlait de l'Orient, ayant rencontré un fanatique
du Bosphore; un Suédois lui donna le désir de
visiter la Norwège en lui dessinant les contours
des fiords. Il voulait respirer les rayons des pays
ensoleillés, savourer la poésie vague du Nord.
Et, dans ses heures d'exaltation, rappelant ses
souvenirs poétiques de Lamartine ou d'Ossian, il
disait à sa maîtresse :

— Je veux t'aimer partout!... Les voyages don-
neront à notre amour un éternel renouveau. Ici,
déjà, nous sommes plus heureux qu'à Paris; en
changeant sans cesse, nous nous retrouverons
toujours, et nous promènerons nos tendresses
dans tous les pays...

Elle se prêtait à ces châteaux en Espagne, pré-
voyant même un lointain avenir dans ses féroces
calculs :

— Moi, j'aimerais mieux le Nord, répondait-
elle.

Au fond, tout cela l'inquiétait. Sans doute, — le
médecin du pays l'avait déclaré — Métivier était
incurable. Mais il pouvait durer longtemps encore, réaliser quelque chose de ses plans, l'entraîner avec lui dans ses lointains rêvés. En tout
cas, le séjour en Suisse se prolongerait. — Or, elle
en était lasse, malgré ses feintes admirations.

Quand elle eut à quelques reprises cueilli les
fleurs inconnues qui balancent leurs grappes
jaunes ou bleues aux parois des rochers, parcouru
d'un pied lent la rive où le lac vient mourir, elle
se trouva à bout de ressources. Bientôt les spec-
tacles de la nature lui parurent monotones ; dans
les brises odorantes, elle ne respira plus que l'ennui. Alors elle regretta Auteuil et Saint-Cloud,
où sur des pelousses lisses, dans de larges routes
bien ratissées, fuyant entre des bosquets savamment taillés, elle rencontrait des hommes qu'elle
connaissait bien. Oui, les hommes lui man-
quaient, leurs paroles flatteuses et leurs im-
pertinents regards. A l'hôtel, on la prenait pour
l'épouse de Métivier, on se confondait en respects
devant elle : et cela la gênait.

Un jour qu'elle avait pu décider Gabriel à faire

une promenade en nombreuse société, un jeune
homme charmant la remarqua, prit mille précautions pour lui offrir des fleurs, et pour ramasser
derrière elle un myosotis jeté exprès, qu'il mit
craintivement dans sa poche, n'osant le passer à
sa boutonnière.

Une autre fois, un lord la dévora des yeux pendant deux jours ; puis, rebuté sans doute par les
difficultés apparentes et n'ayant pas de temps à
perdre, il se mit à faire la cour à une baronne
moldave.

Elle aurait voulu, dans son ennui, leur crier, à
ces gens :

« Je ne suis pas la femme de cet imbécile, moi,
je ne suis pas une honnête femme !... Prenez-
moi !... mais prenez-moi donc !... »

La vie d'hôtel ne lui apportait point les distractions sur lesquelles elle avait compté. A peine, de
temps en temps, une contredanse jouée sur le
piano plaçait-elle en vis-à-vis quatre couples
compassés.

Des promenades?... Ah! bien oui!... Gabriel
vivait comme un sauvage, refusant toute invitation; quand une arrivée ou un départ secouait
l'hôtel, sa curiosité ne s'éveillait pas. Mon Dieu!
quel homme, et comment vivre avec lui?... Il ne

se laissait même pas entraîner à quelque grave imprudence.

Une fois, elle essaya de lui proposer une partie de canot. Il répondit :

— Tu sais bien que cela m'est défendu !...

Fait étrange ! ce Métivier, dominé par elle à Paris, dans un milieu d'agitations incessantes, retrouvait son indépendance dans le calme de la campagne. Palmyre, privée des parfums de son boudoir, de la mollesse de ses meubles, perdait beaucoup de son influence. D'ailleurs, séparée de son acolyte, elle vaguait indécise, comme un corps sans cerveau.

En trois semaines, elle eut une seule aventure, encore toute brutale, sans aucun intérêt.

Un soir, elle était sur la terrasse de l'hôtel, d'une tristesse noire à regarder le lac moiré, recouvert ici et là de grandes taches sombres, coupé par un rayon de lune. Un étranger, qu'elle avait déjà remarqué pendant le dîner, s'approcha d'elle et lui dit :

— Vous admirez le clair de lune, madame?

Elle se retourna et, s'oubliant, fit éclater son ennui dans sa réponse.

— Le clair de lune?... Je m'en fiche pas mal, allez !

L'homme, stupéfait d'abord, se remit bien vite.
Il fut galant. Elle se donna à lui sur un banc vert,
au risque d'être surprise par un garçon, par tout
le monde. L'étranger partit le lendemain. Son
ennui la reprit, avec un peu de honte de n'avoir
pas su retenir cet individu, qui n'était pas mal.

Dans cette disposition, Palmyre écrivit à Profès
une lettre désespérée, le conjurant de venir. Elle
y confessait sa faiblesse avec une naïveté bien
étonnante de sa part. « J'ai besoin de toi, disait-
elle, je ne puis me passer de toi. Ce malade m'é-
cœure, il me faut tes caresses pour m'aider à
supporter les siennes. » Et elle racontait la mono-
tonie de son existence, elle exhalait en phrases
dévergondées les fermentations d'un érotisme
ravivé par la solitude. Enfin, elle lui demandait
son concours : sans lui, elle n'arriverait jamais
au but, elle ne saurait pas.

Profès se garda bien de lui obéir.

Il pensa que l'affaire durerait un peu plus
longtemps ; mais s'il avait jamais eu des dou-
tes sur sa puissance, il en fut guéri. Et il répondit par des phrases évasives : elle devait prendre
patience, l'époque de son retour dépendait maintenant d'elle seule ; lui, ne pouvait partir : des
affaires de famille l'empêchaient de quitter la

France, même il serait peut-être obligé de faire un voyage dans le Midi.

Profès, si habile qu'il fût, n'était jamais parvenu à écrire des lettres sentimentales ; sa lettre était froide.

Palmyre en fut désespérée et la relut maintes fois avec des réflexions.

Certains détails l'inquiétèrent : sa famille !... Jamais Profès n'avait parlé de sa famille !... Sans doute, il était entre les mains d'une femme qui lui avait dicté ses phrases. Il ne tenait plus au projet commun. Peut-être, en trois semaines, l'avait-il tellement oubliée, qu'il ne désirait même plus être riche avec elle. Quand elle aurait accompli son œuvre, il reviendrait à elle, ou bien il lui demanderait simplement sa part et la lâcherait ensuite... Certes, son amour pour Gabriel n'en augmenta pas. Mais, se croyant abandonnée à elle-même, elle éprouva avec une nouvelle force le besoin de ces plaisirs dont toute sa vie avait été remplie.

Et ces plaisirs, où les chercher ?

Pour ébaucher une liaison avec l'un des habitants de l'hôtel, il eût fallu s'afficher, risquer tout. Or, les millions de Métivier miroitaient quand même à ses yeux ; elle n'eût pas volontiers renoncé à toute espérance de cet héritage. Alors, ne trouvant rien de mieux, elle se jeta sur Gabriel.

Celui-ci ne s'expliqua pas cette recrudescence de passion, renouveau subit de leurs premiers jours, et ne chercha point à se l'expliquer : il l'accepta. Et les forces qu'il puisait le jour dans le bon air, dans le calme de la nature, dans la solitude, il les dépensait la nuit pour satisfaire aux fantaisies de sa maîtresse. Au temps où elle voulait feindre l'amour, elle avait des négligences, des paresses ; maintenant, elle jouait sur ce pauvre corps comme un enfant qui tape sur un tambour crevé, en augmentant la déchirure à chaque coup. Lui, terriblement excité par elle, s'épuisait, dépensant ses dernières forces à la presser dans ses bras.

En même temps, Palmyre se montrait plus douce, plus dévouée que jamais. Elle s'était toujours moquée des ordonnances du médecin, des précautions recommandées. Subitement, elle changea ; elle consacra une part de son temps à soigner le pauvre jouet qu'elle disloquait à plaisir. Au moindre vent, elle l'enveloppait de châles ; elle lui comptait les gouttes de ses potions ; elle suivait avec lui son régime.

Bientôt, tout le monde admira le ménage Métivier. Cette femme, encore jeune et si belle, sus-
pendue au souffle d'un mari poitrinaire, tellement
affectée d'un accès de toux ou d'un semblant
d'hémoptysie qu'elle en râlait avec le malade, on
la trouva touchante. Un jeune Anglais, soigné
par sa mère et par sa jolie sœur blonde, regretta
un jour de n'avoir pas à son chevet une épouse
comme « cette dame française », sans voir les
larmes que sa cruauté faisait monter aux yeux de
ses gardes-malades.

Grâce aux cancans d'un valet de chambre,
lequel avait pour « bonne amie » la fille d'un
habitant de la localité, l'admiration inspirée par
Palmyre aux étrangers et au personnel de la maison ne tarda pas à s'infiltrer dans le village. On la
regarda comme une sœur de Charité, comme une
sainte. Les paysans lui tiraient leur bonnet. Elle
trouvait un sourire doux, presque dévot, pour
leur rendre leur salut. Dans deux ou trois familles, des maris la citèrent comme un exemple
à leur épouse. Le propriétaire lui-même, M. Pellerin, malgré son égoïsme, la prit en pitié, voulut
lui procurer des « distractions ». A vrai dire, son
désir d'être agréable aux Métivier n'était pas tout
à fait désintéressé : leur immense fortune lui

inspirait pour leur personne un respect infini.

— Sais-tu ? dit-il un jour à sa femme, cette pauvre dame ne doit pas trop s'amuser... Toi qui es bien avec la femme du pasteur, tu devrais aller la prier d'inviter chez elle nos pensionnaires... Ça les distrairait, et pour nous, ça serait une bonne note.

— Mais, mon ami, madame Réval ne la connaît pas... Et puis, après tout, nous ne les connaissons pas non plus, nous, ces gens... Je ne sais pas quelles sont leurs croyances... Ce sont peut-être des aventuriers.

M. Pellerin branla la tête et se récria :

— Des aventuriers !... *Pas plus !*... Ils dépensent deux ou trois cents francs par jour pour eux et leur femme de chambre, une vraie princesse... Et toutes les semaines ils payent... Des aventuriers ! en as-tu déjà vu qui soient poitrinaires ?...

Madame Pellerin, chancelante devant cette preuve, objecta pourtant :

— On ne sait jamais !... Il y en a de tant d'espèces !

Mais le propriétaire reprit avec une nouvelle obstination :

— Non, non, ça ne peut pas être des aventuriers !... Tu comprends, il faut être agréable à

tous nos locataires : c'est notre métier!... Une
supposition : M. Métivier va » s'en aller, » n'est-ce
pas? Eh bien! sa dame se remarie. Elle parle de
Montreux à son deuxième époux, elle lui dit
comme l'air est bon, comme on est bien dans
notre maison, — et ils reviennent tous les ans
passer l'été chez nous !

A ce suprême argument, les derniers scrupules
de madame Pellerin se dissipèrent. Elle mit son
chapeau et se rendit chez madame Réval.

Après les premiers compliments et après qu'elle
eut exposé le but de sa visite, la femme du pasteur lui dit :

— *Mon thé!* chère madame, mon mari et moi
nous serions heureux de vous être agréables...
Mais, vous savez, notre maison est un peu la maison du bon Dieu... Nous ne pouvons admettre à
notre foyer des gens dont nous ne sommes pas
sûrs, très sûrs... Vous comprenez?... Et les personnes dont vous me parlez sont de Paris, n'est-
ce pas?

— Oui, chère madame.

Madame Réval hocha la tête.

— J'ai entendu raconter des choses bien tristes
sur la moralité des Parisiens... C'est un peuple
frivole, qui vit selon la chair, qui s'occupe peu du

salut. Il faudrait au moins que vous pussiez nous répondre de vos étrangers ?

— Ah ! chère madame, vous ne savez pas combien ils dépensent et comme ils payent régulièrement !... Si nous avions eu souvent des voyageurs comme eux, nous serions millionnaires... millionnaires !...

— Oui... mais ne l'oublions pas : l'argent n'est pas tout.

— Pour des étrangers, chère madame, c'est bien important. A quoi voulez-vous qu'on les reconnaisse ?... Mon mari me dit souvent : « Vois-tu, Eugénie, quand un étranger paye, on peut être sûr que c'est un honnête homme... »

Les portes de la cure tremblaient sur leurs gonds. Pourtant, madame Réval résista encore.

— Une chose, dit-elle, qui prouverait en leur faveur, c'est qu'ils font beaucoup de bien dans le pays. Mais les œuvres sans la foi !...

— Vous avez raison, chère madame, nous sommes tout à fait d'accord sur les dogmes essentiels : je pense, comme vous, que la grâce seule peut nous sauver ; cependant, la Sainte Parole a dit : « On reconnaît l'arbre à son fruit ! » D'ailleurs, songez donc quelle belle occasion pour M. le pasteur, de sauver une âme !... Dans quelques semaines, ce jeune homme sera appelé à paraître devant son Juge ; c'est peut-être le Seigneur qui vous l'envoie. Ne sommes-nous pas des instruments dans la main du Seigneur?

Comme on le voit, madame Pellerin n'était pas étrangère à cette langue que, dans le pays, les « libéraux » appellent « patois de Chanaan ». Son mari s'était acquis les sympathies des libres penseurs, mais elle appartenait à la secte dissidente des « Darbistes », pour laquelle madame Réval, malgré sa position officielle de femme de pasteur, avait une secrète sympathie. Et, non contente de citer l'Evangile, elle donnait à ses paroles des sonorités de prophéties. Chez les « frères », on l'écoutait avec respect, on lui attribuait même un don particulier d'évangélisation.

Madame Réval résista encore un peu, objectant la présence à la maison de son fils Auguste, qui pourrait être troublé, — qui sait? — par les grâces et par la coquetterie d'une Parisienne.

— Oh! votre cher Auguste, pouvez-vous penser! quelle offense pour un si honnête enfant! répondit madame Pellerin; et elle assura que Palmyre n'avait pas la moindre coquetterie; alors, madame Réval céda; puis elle offrit à sa visiteuse un verre de « sirop de capillaire ». Les deux femmes, rapprochées par leur conversation, étaient devenues de véritables amies. Elles s'appelaient : « ma chère sœur! »

Le lendemain, le pasteur se faisait présenter à M. et madame Métivier. Il eut le bon goût de ne pas trop leur parler religion. Séduit par ses manières franches, Gabriel accepta son invitation.

M. Réval était un homme de taille moyenne, trapu, barbu, les yeux vifs, parlant avec facilité, quoique sur un ton un peu traînard : le vrai type de ces pasteurs vaudois qui nomment un « testament grec » leur inséparable tire-bouchon et qui, au mois de septembre, préoccupés des abondantes bénédictions de la vigne, s'écrient dans leurs prêches :

« A moi appartient la *vendange*, dit l'Eternel! »

Les Darbistes le haïssaient. N'avait-il pas donné raison à l'un d'entre eux, schismatique redoutable qui prétendait que Jésus-Christ ne peut pas *sympathiser* avec nous et se borne à *compâtir* à nos souffrances!... De plus graves hérésies perçaient encore dans ses discours, et le rendaient suspect aux orthodoxes. Mais comme il était fort aimé de ses ouailles, le synode (assemblée chargée de surveiller les intérêts de l'Eglise) lui témoignait un certain respect. On finit par excuser son habileté au billard, son amour du « petit blanc », et on le laissa exercer paisiblement son ministère, sans l'obliger à prendre parti pour ou contre des dogmes dont il paraissait peu se soucier.

L'invitation de cet excellent homme fut agréable à Gabriel. Palmyre, qui n'avait pas revu d'intérieur honnête depuis l'époque où quelques familles de Chartres lui avait entr'ouvert leur porte dans des circonstances presque semblables, se promit quelque distraction.

A vrai dire, elle fit son entrée dans le monde protestant par une grosse incongruité. Servie la première, elle avait déjà avalé plusieurs cuillerées de son potage, quand elle remarqua les regards stupéfaits des enfants fixés sur elle; personne ne mangeait. Ne comprenant pas, elle continua : et son assiette était presque vide quand madame Réval, joignant les mains et contemplant le fond de la soupière, récita avec componction la prière de tous les jours au milieu d'un grand silence. Quand elle eut fini, tout le monde se mit enfin à manger, — les enfants, impatientés d'attendre, avec gloutonnerie.

Le « souper » se composait d'une purée de pois, de féras à la sauce blanche, d'un rôti de bœuf avec de la salade, de laitues au beurre, d'un gâteau de Savoie, de fromage du Jura ; le tout arrosé de trois variétés de vins du pays, entre lesquels les Parisiens ne percevaient pas grande différence.

Tant qu'on fut à table, on parla peu : madame Réval s'occupait incessamment de ses deux cadets, les grondant de leur tapage, de leur tenue incorrecte, leur répétant que des enfants convenables doivent se taire pendant le repas, manger sans faire claquer leurs lèvres.

Puis, on avait quelque peine à lier connaissance.

Palmyre, désireuse d'avoir bonne façon, mise en garde contre elle-même par sa première expérience, ne faisait pas un geste sans avoir d'abord observé comment se comportaient les autres. Gabriel, un peu inquiet, craignait pour elle le ridicule ou pis que cela. Les enfants écarquillaient les yeux, suivant tous les gestes des « visites ». Auguste, avec la terreur de paraître gauche ou de faire des impairs, tenait les yeux baissés sur son assiette. Mais, comme il était placé vis-à-vis de Palmyre, il ne pouvait faire un mouvement sans la voir en face, et il la trouvait bien belle !...

A Lausanne, Auguste vivait dans une pension bourgeoise à quatre-vingts francs par mois. Ses parents lui donnaient de temps en temps une

pièce de cinq francs pour ses menus plaisirs.
Force lui était donc d'être sage.

Du reste, comme l'avait dit madame Pellerin,
il avait été bien élevé.

Tenu par sa mère dans l'ignorance de ce qui
fait l'homme, comprimé dans ses instincts, lancé
à la poursuite d'un idéal d'eunuque ou d'ascète, il
ignorait la femme. Ses premiers désirs avaient
été éveillés dans une brasserie, en voyant un
consommateur pincer la taille d'une sommelière.
Plus tard, il embrassa deux ou trois fois, sur la
bouche, une sienne cousine qui se laissait faire
gauchement; mais il ne sut ou n'osa aller plus
loin. Plus tard encore, lorsqu'il eut seize ans, ses
seules débauches avaient été de dérober quelques
baisers à la grosse servante chargée de faire sa
chambre. Puis il avait renoncé à ces plaisirs-là ;
regardant la volupté comme une jouissance cri-
minelle, quelque attrayante qu'elle pût être, la
comparant à un abîme dans lequel on tombe fata-
lement quand on se penche sur le bord, il s'était
éloigné des femmes, il avait pris peur d'elles.

Ayant été une seule fois au théâtre, — sa position d'étudiant en théologie lui en défendait la
fréquentation, — pour assister à une représenta-
tion de *Britannicus* donnée par mademoiselle

Agar, de la Comédie-Française, en tournée en province, il n'avait vu de toute la pièce que des
coins d'épaules blanches et des formes dessinées
par les draperies. La musique des vers de Racine
avait caressé ses désirs, il était parti en proie à
une fièvre terrible ; à la sortie, il avait attendu les
voitures ; enfin, rentré chez lui, après avoir ar-
penté pendant deux heures les quatre mètres de
sa chambrette, il s'était couché en jurant de ne
jamais remettre les pieds dans un théâtre, puisque tout spectacle était un étalage d'impudicités.

Et tout à coup, il voyait assise à la table de sa
famille une femme dont la robe échancrée laissait voir la naissance de la gorge, dont les bras
ronds se montraient dans des manches larges !...
Elle effaçait d'un éclat de beauté sa mère maigre
et sa sœur aînée toute raide ; placée sous le reflet
de la lampe, elle rayonnait en pleine lumière, là,
vis-à-vis de lui ; ses cheveux avaient des lueurs
d'auréole ; par moments, ses yeux clairs allu-
maient de leur flamme la vieille vaisselle, les
verres que le vin dorait. Quand d'un geste elle
dessinait sa taille ou quand ses yeux se levaient,
l'étudiant se sentait enveloppé comme par des
effluves magnétiques. Alors, les narines ouvertes,
il essayait de respirer ses parfums pénétrants :

elle l'en grisait, elle l'en empoisonnait, semblable
à ces daturas africains dont l'odeur enivre et tue.
La gorge sèche, il buvait, il buvait; et le vin
blanc, le désaltérant à peine, surexcitait ses nerfs,
faisait trembler ses mains, mettait dans ses yeux
des éclats extraordinaires. Et, l'estomac serré, oublieux du repas, de tout le reste, il s'absorbait
dans une seule pensée, dans un désir puissant: pos-
séder une femme pareille!... apprendre avec elle
la science de l'amour, puiser une vie aux ardeurs
de ses regards, baiser ses bras ronds, mordre
ses seins blancs comme son col de dentelles!...

Mais il était théologien.

Elle, le trouvait joli garçon, quoique sans
aisance : un diamant brut.

On prit le thé. On passa au salon; le pasteur
n'oublia pas d'y faire transporter les bouteilles
encore pleines « pour s'humecter », dit-il, pendant la conversation.

Il prit à part Métivier, lui donna force détails
sur Montreux, sur la contrée, sur les mœurs. Le
brave homme avait le culte de son pays; il se
plut à mettre en relief tous les bons côtés du caractère vaudois; mais une chose le désolait : la
surabondance des sectes religieuses.

— Ici, dit-il, tout le monde veut *avoir* une

église ; c'est une véritable épidémie ; le moindre cordonnier se figure que Dieu l'appelle à régénérer le monde, — sans lui demander pour cela de négliger ses petites affaires, bien entendu. Aussi, tout protestant que je sois, je me prends parfois à regretter que nous n'ayons pas de pape ; ce serait plus simple !...

Pendant ce temps, Auguste et Palmyre entreprirent une conversation.

Mots entrecoupés d'abord, phrases banales. Puis ils se découvrirent un ami commun : Van Sighem, que Réval avait connu, tous deux ayant fait partie de la même société d'étudiants. — Alors, peu à peu, leur causerie s'anima. La naïveté du jeune homme perçait dans ses phrases, dans ses gestes. Palmyre, séduite par cette nouveauté, l'écoutait volontiers ; avec des détails enfantins, au-dessous de son âge, il lui raconta sa vie, ses études, ses ambitions, ses goûts. Comme elle remarquait, passé sous sa jaquette, un ruban de couleur, il lui expliqua que c'étaient là les insignes de sa société. Il avait aussi une casquette, mais sa mère lui défendait de la porter, « pour qu'on ne le remarquât pas dans les rues ». Dans son for intérieur, il enviait ses camarades plus libres.

— Quelques-uns, dit-il en étouffant un soupir, se font broder sur leur ruban des branches de chêne, en fil d'or... Moi, j'ai prié ma sœur de me le faire; mais elle n'a pas voulu... Elle n'est pas très complaisante, ma sœur...

— Si vous voulez le permettre, j'ai beaucoup de temps à moi, et je sais broder... Je me ferai un plaisir...

Il devint rouge, balbutiant un merci.

... Cependant, le pasteur donnait à Gabriel des détails sur les vendanges :

— Chez nous, expliquait-il, c'est une fête! On dîne sur l'herbe, on mange de la « daube » et des croûtes au fromage; les plus sérieux s'égayent, il faut voir ça!... Ainsi, quand une « cueilleuse » oublie une grappe, les vendangeurs ont le droit de l'embrasser; cela s'appelle « remoller », et c'est charmant... Vous verrez ça, mon cher monsieur, vous verrez ça!...

— Je n'ai jamais assisté à des fêtes champêtres, répondit Métivier; ce sera du nouveau pour moi...

Palmyre, à l'aise enfin, parla à son tour. Elle voulait éblouir de choses inconnues cet enfant qui tremblait de désir à côté d'elle. Elle fit miroiter Paris à ses yeux, un Paris de plaisirs sans fin, un

Paris grandiose aux larges boulevards. pleins de joie, avec des fêtes dans toutes les maisons. A ses paroles défilaient, comme dans une féeric, les salons illuminés, les vastes cafés où les feux du gaz allument des lueurs sur les tables de marbre, les cercles où l'or s'empile et s'écroule aux hasards du jeu, les théâtres où le drame traîne ses crimes, ceux où l'opérette agite ses grelots; les feux d'artifice de Saint-Cloud lançant leurs fusées vers le ciel, tandis que les eaux jouent avec des rutilements lumineux dans l'écume de leurs cascades ; puis des « bateaux-mouches » ou des « hirondelles » venaient chercher les fatigués de la ville et, filant sur la Seine, les descendaient à Suresnes, où l'on couronne des rosières, à Meudon, où l'on danse sur l'herbe...

Le vin blanc l'avait excitée; son verre était devant elle, elle y trempait les lèvres de temps en temps ; et, pour peindre toutes ces merveilles, elle trouvait des mots singulièrement justes. Pourtant, il lui échappa plusieurs expressions de son monde; elle dit deux ou trois fois : « C'est chic! », parla du « galbe », d'autres choses tout aussi inconnues au fils du pasteur. Lui, trouvait à ces mots une drôle d'allure; mais il les supposait admis dans le bon ton parisien. D'ailleurs

il n'analysait pas ; il écoutait, béant. Il ne buvait
plus ; une réaction momentanée se faisait en lui,
il avait très peur. Il pensait au sixième comman-
dement qui défend la fornication, avec une honte
de ses concupiscences. En même temps, le sentiment de sa puérilité le gênait ; il aurait voulu
briller aux yeux de cette femme, lui paraître un
homme, non pas un enfant... Et au lieu de cela, il
fallait qu'elle le mît à l'aise, exigeant un mot de lui
ici et là, maternelle avec beaucoup de coquetterie.

Quand madame Réval revint, après avoir couché ses enfants, elle fut étonnée de les trouver
assis à côté l'un de l'autre, comme de grands
amis, tandis que le pasteur et Métivier, très
animés aussi, discutaient politique avec une
vivacité sans aigreur. Métivier tenait aux Orléans ;
le pasteur était républicain ; il appartenait même
au parti des *gripious* (démocrates).

La bonne femme s'approcha de Palmyre, qui
s'interrompit, fort ennuyée. Et, supposant que la
jeune femme devait être lasse de la conversation
d'Auguste, elle se mit à lui exposer ses idées sur
la tenue d'un ménage, sur l'éducation bien com-
prise.

— Ah ! quand vous aurez des enfants !... disait-
elle en exposant son système...

Et Palmyre souriait doucement, sans répondre.

Elle lui demanda aussi depuis combien de
temps elle était mariée.

— Depuis deux ans.

— Oh! alors, il ne faut pas désespérer!... Ça
viendra!

Vers les dix heures, M. Réval voulut absolument conduire ses hôtes à la cave.

— N'insiste pas trop, lui souffla en vain sa
femme, ce n'est peut-être pas la mode à Paris.

Ne pas insister!... Mais cette cave est son
orgueil, au pasteur!... Ses bouteilles de Villeneuve, d'Yvorne, de Lavaux, soigneusement
ordonnées et étiquetées, y alignent avec orgueil,
sur des planches bien propres, leurs têtes enca-
puchonnées de cire verte; ses tonneaux pansus,
cerclés avec art, remplis des vins plus ordinaires
de Montreux et de la Côte, y réjouissent les yeux
par leur belle taille, par leurs proportions exactes.
Près de l'entrée, le petit vase de mousseux, — un
nectar inconnu à Paris et qui vaut le vin de
Champagne, s'il vous plaît, — ne demande qu'à
ouvrir son robinet de cuivre pour lâcher son
mince jet d'écume dans le verre étroit et profond
qui passe de main en main. Ne pas insister! Mais

sa cave est une des plus belles du pays, asphaltée,
meublée de deux chaises de paille, d'une table en
osier tressé ; ou y peut discuter comme dans un
salon, mieux encore !... Ne pas insister ! Mais il
serait réellement offensé si ses hôtes se refusaient
à l'accompagner dans son sanctuaire.

— Voyez-vous, monsieur Métivier, notre vin
blanc n'a jamais fait de mal à personne... Il est
tonique, diurétique, il a des propriétés digestives,
il est chaud à l'estomac... C'est la bénédiction du
pays, ce vin-là ! Quand vous en aurez bu pendant
six semaines, vous vous porterez mieux et vous
ne voudrez plus de vos vins rouges qui font mal
au cœur !...

Et, après un silence, répondant à sa pensée, il
dit encore :

— Dieu nous garde du phylloxera !

Gabriel paraissait plus animé qu'à l'ordinaire :
ses joues étaient colorées sans fièvre ; il toussait
peu.

On descendit à la cave.

A la grande joie du pasteur, le *mousseux* fut
jugé excellent : Gabriel en prit trois verres ; Palmyre en but immodérément...

Une seule bougie, dont la flamme tremblotait,
éclairait l'ombre d'un point vague ; dans cette

demi-obscurité, Auguste, séparé de Palmyre, se sentait attiré par ses grands yeux clairs, dont le regard, de temps à autre, le frappait comme une étincelle électrique. Il parvint à passer derrière elle et, poussé par une folle pensée, il se mit à lui caresser les cheveux ; ses doigts effleuraient parfois la nuque blanche ; il tremblait d'être découvert.

Elle feignait de ne s'apercevoir de rien, tandis qu'un frisson de désir lui passait dans tout le corps. Elle le laissa se griser à son aise, pendant quelque minutes, de ses attouchements ; puis, quand elle le jugea suffisamment ivre, se retournant, elle le regarda bien en face, avec des yeux pleins d'amour et un sourire, — un sourire!... puis, comme il approchait d'elle son visage enfiévré, elle lui tendit les lèvres et il l'embrassa.

Madame Réval était montée pour chercher des gâteaux ; Gabriel avait le dos tourné.

— Croyez-moi ! disait le pasteur, tout à sa démonstration et répétant son éloge du vin : buvez du vin blanc ! Vous n'avez pas idée du bien que ça fait... Tenez! mon père, par exemple, avalait ses trois litres par jour, et il est mort à *septante-sept* ans, sans jamais avoir été malade!... Suivez mon conseil! vous verrez que vous vous en trouverez bien, et votre jeune dame aussi...

Il se retourna. Palmyre lui sourit en disant,
d'un ton calme :

— Oui, vous avez peut-être raison, monsieur ;
mais mon mari a ses habitudes...

Sa voix prenait toujours des inflexions molles,
très tendres, pour dire : « mon mari ».

Derrière elle, Auguste était anéanti, stupéfait de sa propre audace, pas bien sûr d'être
éveillé...

Madame Réval rentra avec une assiette de gâteaux, la mine un peu revêche ; à son avis, on aurait dû rester au salon et s'occuper des seules
questions importantes pour des fidèles.

Le pasteur aurait volontiers prolongé la veillée.
Mais, sous le coup des signes désespérés de sa
femme, il laissa partir Gabriel vers onze heures.
On convint qu'Auguste reconduirait jusqu'à
l'hôtel les deux étrangers.

En sortant, tous étaient fort gais ; mais l'air
vif, succédant brusquement à l'air alourdi de la
cave, les frappa d'une sorte d'ivresse. Ils se mirent en marche à travers la nuit noire, — une
nuit sans lune sous un ciel tout constellé. Palmyre donnait le bras à Gabriel. Au bout d'un
moment, elle prit la main d'Auguste, qui n'avait

pas osé prendre la sienne. Elle parvint même à
lui dire tout bas :

— Otez-moi mon gant!

Il obéit sans comprendre.

Quand il tint cette petite main nue et douce
au toucher, quand cette petite main pressa ses
doigts, répondit à ses caresses, en provoqua
d'autres, faisant courir comme un fluide dans son
être entier, il se sentit subjugué par une volonté
plus forte que la sienne, entraîné comme par un
courant vainqueur.

Deux ou trois fois, dans l'obscurité laissée par
les longs intervalles des réverbères, il eut le courage de porter à ses lèvres la main qu'il pressait
et de la couvrir de baisers silencieux en compri-
mant les battements de son cœur.

Ainsi ils cheminèrent pendant vingt minutes,
sans parler, à pas très lents.

Devant l'hôtel, dont quelques fenêtres étaient
encore allumées, ils se quittèrent comme de vieux
amis.

Puis, Auguste reprit le chemin de la cure...

Il n'éprouvait point la joie immense du premier amour, — cette joie délirante, qu'un rien
satisfait, qui cache dans un livre une fleur

donnée ou un bout de ruban volé. Les choses avaient marché trop vite. Ses sentiments et ses désirs, lâchés en tumulte, l'avaient tordu pendant la soirée; dans cette tempête il ne distinguait rien. Ses lèvres avaient conservé la sensation des baisers, il croyait respirer encore les parfums dont ELLE l'avait imprégné, et dans cet enivrement il ne se demandait même pas s'il aimait, ni s'il était aimé. Son succès d'homme, son premier triomphe ne lui inspirait aucun orgueil, mais bien plutôt des appréhensions indéfinies. Sans descendre en lui-même, il sentait pourtant qu'il n'était plus l'enfant de la veille. Et il marchait, buttant parfois contre un caillou du chemin, marmottant des paroles vagues, fiévreux, accablé...

Quand il arriva à la cure, son père et sa mère n'étaient pas encore couchés; ils commentaient les événements de la soirée.

— Moi, disait le pasteur, je trouve ce M. Métivier très agréable; c'est dommage qu'il soit poitrinaire, le pauvre garçon! Quant à sa jeune dame, elle est tout à fait charmante, et d'un comme il faut!...

Comme madame Réval, plus froide, ne répondait rien, il ajouta :

— Vois-tu, il n'y a qu'à Paris où l'on trouve

cette aisance, ces bonnes façons, cette facilité de
gestes et de paroles... Lorsque Auguste aura terminé ses études, il faudra l'y envoyer, ne fût-ce
que pour trois mois.

Auguste entrait justement. Son père lui demanda :

— Qu'en penses-tu?

L'étudiant avait l'air de sortir d'un rêve. Il dut
faire un effort pour répondre :

— Comme tu voudras!

Le pasteur lui reprocha son indifférence.

— Comment : « comme tu voudras? » — On
dirait que ça t'est égal? C'est de toi, non de moi,
qu'il s'agit... Tu es toujours le même, tu ne t'in-
téresses à rien, tu n'as pas de cœur aux études...
j'aurais dû faire de toi un cordonnier!

Madame Réval s'interposa, conclut :

— Nous discuterons tout cela quand il en sera
temps.

Et elle rappela la prière du soir, qu'on allait
oublier.

Le pasteur l'expédia le plus vite possible.

Pour gagner sa chambre, Auguste était forcé
de traverser le salon. En revoyant le sofa sur
lequel il avait passé la soirée assis à côté de Palmyre, en retrouvant ses premières impressions,

quelque chose des parfums qu'elle avait laissés
là, une odeur subtile et pénétrante, il commença
à se rendre compte de son aventure.

Elle lui parut romanesque, incroyable comme
un conte de fées. Jusqu'à présent, il avait toujours cru que l'amour naît, surtout s'inspire, peu
à peu ; il s'était figuré une sorte de lutte dans
laquelle l'homme se met aux pieds de la femme,
souffre beaucoup, réussit à grand'peine. L'adultère surtout lui avait toujours paru incompré-
hensible ; comment un homme osait-il avouer
son amour à une épouse dont il ne pouvait demander la main ?... A de semblables déclarations,
toute femme éclatait sans doute en protestations
indignées, écrasant de son mépris le téméraire
qui la méconnaissait ?... Et rien, dans ses lectures,
n'était venu résoudre ces problèmes. Dans la
Bible, le Cantique des cantiques seulement l'avait
étonné, il s'était senti ému aux cris de passion
fauve de la Sulamite et du bien-aimé ; puis il
s'était trouvé satisfait des explications mystiques
qu'en donnent les théologiens. Quand il avait pu
se procurer quelques romans longtemps défen-
dus, dont il se promettait grand plaisir, — Walter
Scott, Cooper, Dickens, Dumas, même Eugène
Sue, — ces lectures, contre son attente, l'avaient

ennuyé; son imagination atrophiée ne lui permettait plus de changer d'époque ou de s'iden-
tifier à un personnage à multiples aventures,
Ivanhoé, Monte-Cristo ou David Copperfield. De
ses camarades à timides grivoiseries il n'avait
rien appris non plus. Comme lui, ils avaient été
triturés par la terrible éducation protestante;
ceux qui, plus sanguins, s'en étaient émancipés,
cachaient leurs débauches avec soin. Ces heureux-
là filaient de temps en temps pour Genève, sous
un prétexte, et en rapportaient un air mystérieux,
parfois malade, avec de vagues histoires. Du
reste, Lausanne avait possédé quelque temps, à
l'insu de la police, un lupanar; on en parla beaucoup à l'Académie. Auguste n'eut jamais le courage d'y aller seul, encore moins de prier un ami
de l'y accompagner.

Et voici que les problèmes posés se résolvaient
comme d'eux-mêmes; une simple rencontre suffisait; à la première soirée, bravant toutes les
difficultés, on échangeait des baisers; à une prochaine entrevue, on prendrait rendez-vous!... Ce
n'était donc pas si difficile!... Les fameuses pu-
deurs de la femme étaient une fiction; l'homme
le plus timide devenait soudain brave pour s'ac-
quérir l'amour: il lui suffisait d'oser, de vouloir.

— moins que cela : d'oublier pour un instant
morale, religion, principes, et de s'abandonner :
la bonne nature faisait le reste. Il fallait lui
obéir... Oh ! oui, lui obéir !... Principes, religion,
morale ne peuvent rien contre elle ; elle entraîne
tout aux désirs qu'elle souffle : la terre où les
plantes laissent tomber leurs graines, les bêtes
qu'une bouffée de vent met en chaleur, les
hommes...

Ainsi, lui, en cet instant, brisait d'un coup les
jougs sous lesquels il avait si longtemps plié, se
sentait à la fois la force et le désir de fouler aux
pieds les préceptes de son enfance. Entraîné, il
ne luttait même pas.

Les terribles histoires de la Bible qui lui revenaient, ces histoires où la fornication et l'adultère
sont punis par la colère de Dieu, attachaient sa
pensée par leurs détails seulement ; aucune peur
ne le prenait du Juge aux pieds duquel il avait si
longtemps tremblé ; ses ardeurs intimes l'empêchaient même de songer aux remords de l'enfer,
à ces remords qui, pareils à des flammes, doivent
ronger pendant le cycle des âges éternels les
corps gonflés de péchés. En ce moment suprême,
il poussait l'impiété jusqu'à se rappeler les ar-
dentes invocations du « bien-aimé » de la Bible :

« Te voilà belle, ma grande amie, te voilà
belle ; tes yeux sont comme ceux des colombes
entre tes tresses ; tes cheveux sont comme un
troupeau de chèvres de la montagne de Galaad,
qu'on a tondues...

»... Tes lèvres sont comme un fil teint en écarlate ; ton parler est gracieux ; ta tempe est comme
une pièce de pomme de Grenade sous tes
tresses...

»... Tes lèvres, mon épouse, distillent des
rayons de miel. Il y a du miel et du lait sous ta
langue, et l'odeur de tes vêtements est comme
l'odeur du Liban... »

Et son amour n'avait point de mièvreries, point
de sentimentalités nuageuses ; sa chair avait
frémi au contact d'une chair, son sexe s'était
éveillé, sa virilité le poussait en avant, c'était
tout.

Oh ! si la passion était venue moins vite, n'avait
pas d'un seul coup mis en mouvement toutes les
fibres de son être, il aurait lutté contre elle, il
l'eût peut-être vaincue à force de prières. Surpris,
il ne se défendait pas.

Avant de se coucher, il pensa encore qu'il lui
serait facile de sortir la nuit sans être vu. Mais
Palmyre avait-elle un peu de liberté ? Non, sans

doute ; son mari devait la traiter en esclave, être furieusement jaloux de sa beauté...

Alors, ils ne pourraient jamais se voir, leur amour viendrait se briser contre l'impossible...

Et dans les rêves de ses rares instants de sommeil, il vit des échelles de soie, des balcons d'où l'on écoute la nuit, des clairs de lune amoureux, des rencontres en pleine nature avec le gazon pour oreiller, le ciel pour couverture, les étoiles pour gardiennes. Et des baisers éternels, donnés, rendus, repris, changeaient le cours monotone de son existence, couronnaient d'un moment de bonheur chacune de ses journées...

Palmyre l'avait trouvé fort joli garçon et compris tout de suite. Etonnée d'abord de ses naïvetés, elle y trouvait maintenant un charme véritable. Auguste appartenait à une variété d'hommes qu'elle ne connaissait pas.

Elle se dit qu'un garçon comme lui donnerait beaucoup à la femme dont les caresses lui ouvriraient un monde nouveau. En tout cas, il l'amuserait ; enfin, à tout hasard, il fallait le prendre, puisqu'il n'y en avait pas d'autre. Il pouvait être intéressant à élever ; s'il venait mal, eh bien ! elle en serait quitte pour le jeter comme un fruit dont les apparences ont trompé.

La question des difficultés à vaincre ne l'arrêta guère; Métivier, aveuglé par sa confiance, affaibli par sa maladie, introduirait lui-même auprès d'elle le fils du pasteur, ne les gênerait en rien.

Irma seule l'inquiétait : elle la savait à la dévotion de Profès. Mais elle résolut de se quereller avec elle le lendemain, et de la renvoyer tout de suite. Elle trouverait le service de l'hôtel suffisant, refuserait de prendre une nouvelle femme de chambre, et, comme cela, ne serait pas espionnée...

En se couchant, Gabriel dit à Palmyre :

— Ce pasteur est un bien brave homme : il a une charmante famille... Si tu veux, nous profiterons de sa cordialité...

Et il toussa toute la nuit.

VI

Pour dissimuler sa nouvelle liaison, Palmyre
essaya de continuer à traiter Gabriel en amant ;
mais sa contrainte lui pesait : de nouveau, elle désirait la mort du malade. Ses lettres à Profès, —
elle lui écrivait par crainte de le voir venir, —
ne trahirent rien non plus de ses sentiments.

Quant à Métivier, soigné, choyé comme il ne
l'avait jamais été, chaque jour un peu plus faible,
il n'eut bientôt plus pour sa maîtresse qu'une
grande reconnaissance, qu'un attachement de
plus en plus excessif. Comment douter d'un dévouement, d'un amour dont elle lui donnait tant
de preuves ? Trop souvent, dans des moments

d'impatience, il la remerciait par des plaintes injustes, par des reproches blessants...

En même temps, la vie factice qu'elle lui imposait le maintenait dans son espoir de guérison. Se croyant aimé, il ne pouvait se croire perdu, et il continuait à rêver les plaisirs de la santé.

Néanmoins, se rappelant qu'un poitrinaire, même en pleine convalescence, est encore sujet à bien des rechutes, à bien des accidents, il songeait parfois à sa mort et à ce qui suivrait : Palmyre se trouverait sans ressources, dans l'impossibilité de cacher sa situation réelle, exposée aux offres brutales du premier venu, forcée peut-être de les accepter. Or, puisqu'il l'avait élevée au rang d'honnête femme, dont elle se montrait digne, il ne pouvait la laisser retomber dans les hasards de sa précédente vie. Et il se promettait de faire un testament ; puis, avec la paresse propre aux malades, il renvoyait de jour en our.

Dans le courant d'août, Gabriel fut pris d'une violente hémoptysie. Palmyre, sublime, s'installa à son chevet et passa plusieurs nuits à le veiller, même quand le danger immédiat fut conjuré.

D'ailleurs, dès qu'il s'endormait un instant, elle disparaissait dans son appartement à elle, où presque chaque nuit Auguste l'attendait ; puis elle revenait à son « cher malade ».

Touché de tant de tendresse et inquiet de cette rechute imprévue, Métivier fit chercher un notaire ; par un testament en due forme, il légua sa fortune entière à mademoiselle Palmyre Veulard, « en récompense de ses soins désintéressés et en témoignage d'un amour plus long que la vie ».

Quand il l'en avertit, elle éclata en sanglots.

— Non, non, pleura-t-elle, tu ne mourras pas... Le médecin m'a promis de te sauver... D'ailleurs, s'il fallait... nous séparer, à quoi me servirait ton argent ?... Je me ferais sœur de Charité !

Puis, très hypocrite :

— Oui, l'amour que j'ai pour toi me relève à mes propres yeux, m'est plus précieux que toutes les richesses... Va, j'ai besoin de ta vie. Que Dieu te conserve, c'est tout ce que je demande !...

Il essaya de raisonner.

— Cependant, il faut tout prévoir...

— Tais-toi, tais-toi ! Ne parle pas ainsi, cela porte malheur !

Et elle l'embrassait, elle l'étouffait de caresses, avec des larmes dans les yeux : le testament était fait, Gabriel ne le détruirait pas.

Ainsi, Palmyre avait accompli son œuvre.

Grâce à elle, la maladie avait précipité son cours. Métivier agonisait, maigre déjà comme un cadavre. Elle avait bien conduit sa partie, elle pourrait bientôt se reposer, oui, se reposer des fatigues de la misère dans les enivrements de la richesse, se reposer des caresses écœurantes du phtisique avec les baisers d'Auguste... Parfois, elle souriait en pensant à Profès ; le roué avait manqué la fortune ; il avait disposé les machines, calculé les phases de l'entreprise, et un autre profiterait du succès !... Avec quels raffinements de plaisir ouvrirait-elle à cet enfant les portes du monde inconnu ! Elle jouissait par avance de ses stupéfactions devant l'opulence ; et qui sait ? ce cerveau naïf sécréterait peut-être des idées étranges, inventerait des fantaisies nouvelles, de celles qu'un blasé ne trouve pas !...

La nuit, lorsqu'elle guettait le sommeil interrompu, toujours plus agité, du moribond, le sentiment de sa force l'emplissait d'orgueil. L'amour secret d'anéantir qui sommeille au fond de tous les êtres s'était éveillé en elle : elle avait hâte d'en finir, de fondre au feu de ses baisers les derniers lambeaux de chair attachés encore à ce squelette, de tirer davantage encore ces lèvres sur ces dents, d'étendre à tout jamais cette proie dé-

charnée dans la bonne terre où tout demeure
éternellement caché. Du reste, aucun remords ne
la tourmentait. Elle s'excusait : dans le fond, elle
n'y avait mis aucune méchanceté ; c'était en l'ai-
mant, tout naturellement, qu'elle l'avait détruit.

Diverses circonstances devaient augmenter son
désir d'en finir plus vite.

Le notaire auquel Métivier avait dicté son testament, M. Benin, était un Darbiste schismatique
(de ceux qui prétendent que Jésus-Christ se borne
à *compatir* à nos maux). Or, comme madame Pellerin était une des « sœurs » les plus influentes
parmi les Darbistes orthodoxes, il la détestait. Et
il détestait également M. Réval, sans raison précise, par haine évangélique.

Justement, le secret dont il se trouvait maître
lui fournissait une excellente occasion d'atteindre
les « impies » en frappant des gens chaperonnés
par l'une et accueillis par l'autre. Si le pasteur
était convaincu de recevoir dans sa famille un
ménage irrégulier, il était perdu de réputation, et
l'Eglise nationale, — l'Eglise dépendante de l'Etat,
dont il était un des principaux soutiens, — recevait un coup dont elle aurait peine à se relever.

D'abord, le notaire hésita entre les devoirs de
sa profession et les appels de sa conscience. Cer-

tainement, c'était le doigt de Dieu. Le Seigneur
lui livrait ses ennemis, comme jadis il avait livré
aux mains d'Achab l'armée de Ben-Hadad, roi des
Syriens. Et, pour avoir épargné Ben-Hadad, Achab
n'avait-il pas été sévèrement puni?... D'un autre
côté, une indiscrétion pouvait lui coûter son
étude de notaire : il fallait joindre la prudence à
la sévérité.

Alors, se rappelant que les prophètes d'Israël
eux-mêmes ne reculaient pas devant l'emploi de
certaines ruses, dans leurs luttes contre les monarques ennemis de Jéhovah, il eut recours à un
stratagème. Pendant trois nuits, il feignit des
insomnies : il arpentait sa chambre en parlant
seul, à voix juste assez haute pour réveiller sa
femme. Et la quatrième nuit, en phrases entrecoupées, il laissa échapper son secret.

— Qui l'aurait cru?... qui aurait pu supposer
une abomination semblable?... Un homme comme
il faut!... Une femme si douce!... des gens reçus
chez le pasteur, enfin!... Pas mariés!... Ils ne
sont pas mariés!...

Madame Benin se dressa sur son séant; sans la
voir, le notaire continua :

— Ah! le péché n'a pas de limites, et la Bible a raison : l'homme est né mauvais!... Ce

M. Métivier n'est pas marié !... Et moi qui le sais,
que faut-il faire ?... Voyons, Benin, que faut-il
faire ?... Parler ?... Mais les lois me le défendent !...
Alors, laisser les mœurs abominables de ces
gens s'infiltrer dans le pays ?... se répandre
parmi nous ?... souiller une maison que le culte
de Dieu devrait remplir ?... apporter peut-être le
trouble dans une famille qui devrait servir
d'exemple à tous ?... Car qui sait où leurs impudicités s'arrêteront ?... Ah ! pourquoi y a-t-il des
lois ? pourquoi le chrétien n'est-il pas libre d'o-
béir à sa conscience ?... Cette hésitation me tue ;
j'en deviendrai malade !... Mon Dieu ! mon Dieu !
éclaire-moi !

Cette supplication désespérée ne devait pas
rester sans réponse. Dieu suscita madame Benin,
qui, solennelle, se leva, étendit la main vers son
époux et lui dit :

— Je sais ce que j'ai à faire, moi... Je n'ai jamais juré de garder des secrets dont le poids est
une ignominie... Je parlerai !...

— Ah ! ma chère amie ! je t'en conjure, n'en
fais rien !... Tu détruirais le peu de paix qui me
reste !... Laisse-moi réfléchir encore !...

— Réfléchir !... Oui, tu te décideras quand il sera
trop tard, quand ces misérables seront partis...

Elle se reprit :

— C'est-à-dire, quand ils auront été des objets. de scandale pour le pays entier !

— Mais on me soupçonnera !

— Je ne crains rien.

— On fera une enquête !

— Une enquête !... Eh bien ! ne pourras-tu pas jurer en toute conscience que tu n'as pas trahi le secret de ces gens ? J'ai surpris tes paroles, voilà tout... Il sera impossible de t'en faire un crime ; au contraire, on aura plus de considération pour toi, à cause des scrupules qui t'ont empêché de dormir ; et personne ne doutera plus de ta foi !...

Longtemps encore M. Benin lutta, faisant battre l'un après l'autre ses arguments par la logique de sa femme et lui apprenant, avec force réticences, tout ce qu'elle voulait savoir. Et le lendemain déjà, de vagues rumeurs sur les amis du « pasteur national » circulaient dans le village.

On n'attacha d'abord pas grande importance à ces insinuations, dont on ne connaissait même pas l'origine.

Mais les rumeurs prirent plus de consistance ; les dissidents de toutes sectes firent du bruit autour de l'histoire ; les membres de « l'Église libre » crièrent au scandale ; quelques personnes, avec

ce sens merveilleux des commères des petits en-
droits, soupçonnèrent la liaison de Palmyre et
d'Auguste. Des amis bien intentionnés avertirent
le pasteur.

M. Réval eût volontiers laissé passer l'affaire ;
mais ses partisans vinrent à tour de rôle l'engager
à faire justice éclatante des impies, à réduire au
silence, par sa fermeté, les membres de l'opposition politique et religieuse. Quel que fût son désir
de rester en paix, il se vit obligé de demander à
Métivier, pour lequel il éprouvait une vive sympathie, une franche explication.

— Comprenez-moi bien, mon ami : que votre
union soit légitime ou ne le soit pas, cela m'est,
au fond, assez égal. Mais, si les bruits qui courent
sur votre compte sont fondés, si un jour ou
l'autre on découvre les irrégularités de votre ménage, ma position en sera fort compromise et l'on
me fera un crime de nos bons rapports. Ici, on a
le droit de pécher, à condition qu'on lance des
anathèmes aux pécheurs. Si j'avais une maîtresse,
je tonnerais du haut de ma chaire contre les
mœurs du jour, — et je la garderais ; en revanche,
si je reçois dans ma maison une femme... dont la
situation n'est pas nette, je suis perdu, réduit à
renoncer à la théologie pour demander une place

de sous-secrétaire dans quelque administration...
Et j'ai de la famille !

Gabriel était trop honnête pour refuser une
explication aussi loyalement demandée, et les
deux hommes se quittèrent, fort ennuyés d'être
séparés par le mur infranchissable de l'opinion.

Quand Palmyre apprit que la cure lui était fermée, elle accabla son amant de reproches, irritée
pour la première fois depuis longtemps. — Quoi
donc ! pour elle il ne ferait même pas un innocent mensonge !... Pour elle, dont la vie était un
long dévouement ! Quelle serait sa situation dans
l'hôtel, désormais ? Les domestiques se croiraient
le droit de lui manquer de respect. Elle remarquait déjà, depuis deux ou trois jours, les singu-
liers sourires du propriétaire... Puis elle s'arrêta
tout à coup dans sa kyrielle de plaintes, craignant
d'exciter des soupçons.

— Du reste, je m'en fiche, de ton pasteur, et de
sa pimbêche de femme, et de toute sa sainte
famille !... Il faut peser ses moindres mots devant
eux... On ne peut jamais être assez bête pour leur
plaire... Ça ne m'allait plus, ce commerce-là !...
Mais je veux être respectée, moi, voilà tout !...
par lui comme par les autres !...

Elle oubliait son rôle : c'est qu'elle était in

quiète. Comment ferait-elle maintenant pour combiner ses rendez-vous avec Auguste, puisqu'elle n'aurait plus la faculté de le voir à toute heure ? Elle avait peur de ne plus pouvoir le rencontrer. Et cette crainte était fondée. — Elle se trouva gênée en plus d'une occasion. Son humeur en souffrit. Préoccupée sans cesse, elle ne fut bientôt plus capable d'une feinte prolongée. De temps en temps, elle parvenait encore à témoigner un peu de tendresse à son amant ; mais ces retours passagers étaient suivis de scènes violentes ou de paroles dédaigneuses. Elle fut si imprudente, que Métivier eut un soupçon de la vérité. Comme un jour, dans une de leurs fréquentes querelles, il la menaçait de détruire son testament, elle éclata.

— Détruis-le, mon petit !... Va, brûle, si tu veux !... Moi, je vais filer !... Tu te débattras comme tu pourras avec tes drogues et tes cataplasmes... Je n'ai pas besoin de ton argent, sais-tu ?... j'en trouverai d'autre... C'est par pitié que je restais avec toi, par pitié, entends-tu ?... et il en faut, du courage, pour te supporter !.,. Vois-tu, il n'y a pas une femme qui voudra te soigner ; non, pas une ! On voit trop que tu es fini : tu sens déjà la terre !

Alors, très lâche, effrayé, il la conjura de rester; elle se fit beaucoup prier pour y consentir.

De semblables cruautés semblaient douces à Gabriel en comparaison de la solitude devant laquelle il tremblait. Sa grande crainte était de mourir abandonné. Et il supportait tout, plutôt que de rompre lui-même le dernier lien de ses habitudes.

Du reste, plus il approchait de la fin, plus il devenait ennuyeux. Trop faible pour avoir des désirs, maintenant il s'abandonnait à des sentimentalités de malade impuissant. Il avait des idées de poésie mièvre, il faisait des images, des phrases pleines de grands mots creux. Par moments, il déclamait, appelant à son aide les bribes de sa rhétorique d'écolier. Jadis, il avait su le *Lac* par cœur ; et il essayait de s'en souvenir en regardant le clair de lune à travers la vitre. D'une voix chaque jour plus rauque, il balbutiait :

> Ainsi, toujours poussés vers de nouveaux rivages,
> Dans la nuit éternelle emportés sans retour...
> Ne pourrons-nous... ne pourrons-nous jamais...

— C'est drôle... Hier je l'avais retrouvée tout entière, cette strophe... Tu ne te la rappelles pas, Palmyre ?...

Certainement non, Palmyre ne se la rappelait

pas. Elle affectait d'écouter pour penser plus à
l'aise à son Auguste ; ou peut-être, la musique des
vers ayant évoqué les souvenirs de sa jeunesse,
entendait-elle chanter dans sa mémoire quelque
vieux refrain de Bobino. Et ses tête-à-tête avec
un moribond, dans une chambre d'hôtel, par
des jours éclatants et chauds, lui semblaient in-
supportables. — Ses brusqueries en devenaient
plus fréquentes, ses mots plus durs ; elle en
étalait avec plus d'affectation ses indifférences
réelles.

Gabriel, repoussé dans ses tendresses par l'aveu
de la crainte de la contagion, traité avec une
indifférence croissante et frisant la haine, fut de
nouveau torturé par ses plus mauvais soupçons,
par ses terreurs les plus aiguës. Il conjura son
médecin de lui dire toute la vérité : le médecin
obéit. Et il eut une vision nette des misères de sa
mort isolée, il sentit courir dans ses os le froid de
sa tombe solitaire.

En même temps, un travail se faisait dans son
esprit.

Les distractions continuelles de Palmyre, ses
sorties sous un prétexte souvent banal, sa précédente assiduité dans la famille du pasteur malgré
son antipathie pour la contrainte, tout cela lui

ouvrit presque les yeux. Mais il ne songea même
pas à Auguste, — garçon insignifiant, muet devant sa mère, et qui semblait toujours préoccupé
de quelque crainte vague ou du calcul de ses
moindres actions.

Ses soupçons se portèrent sur M. Réval, dont le
tempérament vigoureux, tout de chair et de sang,
devait avoir d'étranges révoltes contre les exigences de sa position. Sans doute, Palmyre s'était
trouvée sur son chemin à propos pour le consoler
de sa femme sèche, bilieuse, acariâtre... Il y avait
dans leur conduite à tous deux de singulières
coïncidences ; depuis le jour où la cure s'était
ouverte pour elle, Palmyre était devenue plus
douce ; sans doute, elle faisait patte de velours
pour mieux dissimuler les choses... Puis, quand
les rumeurs publiques avaient détaché d'elle le
parti protestant, quand elle s'était retrouvée sans
distraction dans l'ennui de ses devoirs de garde-
malade, elle avait de nouveau ouvert la carrière
aux cruautés de son instinct... Dans le village, on
causait de cela ; il y avait des commères qui savaient tout. Mais, à lui, on ne lui disait rien : le
public veillait à sa sécurité comme il veille à celle
des maris trompés... Et pourtant, s'il avait eu la
moindre certitude, il aurait tiré de cette fille une

vengeance éclatante ; il l'eût rejetée nue au ruisseau.

Mais il ne voulait pas se condamner lui-même à la solitude sur un soupçon si vague... Et il se faisait des reproches : lui, le riche blasé, n'avait-il pas fait le rêve absurde, pardonnable au plus à un collégien de dix-sept ans, de racheter une âme, de purifier une souillure, — semblable à ces paysans qui se font ronger par les fièvres en s'obstinant à travailler dans des marais impossibles à dessécher?... Un instant, il avait eu l'illusion du succès... Il le reconnaissait bien, maintenant : Palmyre était en tout point comme ses pareilles, qui ne sont jamais nées pour leur métier, mais qui, lorsqu'on les en tire, retournent le pratiquer par habitude ou par perversité.

Dans cet effondrement de sa dernière affection, dans le vide de cette solitude qui l'enveloppait comme un néant hâtif, il prit la résolution de faire un autre testament : il laisserait sa fortune aux pauvres, à un hospice, à l'État ; par une ironie, il donnerait à Palmyre « de quoi se faire un deuil ». Et il eut quelques heures de joie en combinant cette farce sinistre, en songeant aux colères qui, le lendemain de son enterrement, tariraient les larmes hypocrites ; aux rires nar-

quois dont son bourreau serait l'objet... Mais,
comme il était très faible, il attendait un jour où
il serait moins las.

Au commencement de septembre, des étrangers
arrivèrent, l'hôtel se ranima, des visages souffre-
teux apparurent en foule. On vit passer dans le
village de jeunes poitrinaires appuyés sur des
pères vigoureux et désespérés, des Anglaises ané-
miques à belles figures pâles comme la cire, des
« poussettes » dans lesquelles des névropathes se
contorsionnaient.

Le spectacle de tous ces maux n'était point fait
pour égayer Gabriel, qui les suivait des yeux de
sa fenêtre. Une affreuse mélancolie s'empara de
lui. Il resta parfois un jour entier sans voir Palmyre, servi par un garçon de l'hôtel à longs favoris, indifférent ; et, tout seul, il poursuivait ses
rêves.

Son désir le plus cher était de revoir Paris,
d'y mourir. Il dormirait mieux le bon sommeil
éternel dans un de ces cimetières au pied desquels la ville s'étend, enveloppée dans ses brouillards, berçant les morts de ses grondements monotones comme des chants d'église. A la Tous-
saint, quand une foule en deuil vient piétiner les
allées d'ordinaire désertes, une couronne d'im-

mortelles viendrait peut-être s'égarer sur sa
pierre funéraire...

Ici, personne ne penserait à lui; nul ne lirait
son nom; il resterait seul à jamais inconnu, au
milieu d'inconnus; aucune piété n'empêcherait
des herbes banales de pousser de sa sève...

Seulement, il n'avait plus la force de partir, ni
d'écrire à Profès, ni de renvoyer Palmyre. Et il
sentait la mort approcher. Et il se raidissait avec
des désespoirs contre cette solitude éternelle dans
laquelle il était déjà plus qu'à demi plongé, contre cet anéantissement dont il avait horreur.

Cependant, par un beau jour d'automne, Gabriel voulut tenter une promenade. Depuis longtemps il n'avait pas quitté la chambre. Il était
très faible, Palmyre l'accompagnait.

Après s'être arrêté plusieurs fois pour respirer
en gravissant la côte, il arriva sur la terrasse de
l'église; deux Anglais y stationnaient, cherchant
dans leur livre rouge les noms des principales
sommités; trois ou quatre gamins rôdaient autour
d'eux, prêts à leur servir de guides ou de com-
missionnaires; un monsieur, — une longue-vue
braquée sur les côtes de la Beeca de Chambayry,
— affirmait à une dame qu'on distinguait nette-
ment des vaches au pâturage, avec des bergers;

un vieux pauvre se tenait accroupi dans un coin,
l'œil mendiant, les mains tremblotantes.

Gabriel s'assit ou plutôt se laissa tomber sur un
banc ; Palmyre resta debout.

Au pied de l'église s'étageaient les maisons es-
pacées du village, et des prairies, et des vignes
coupées de murs ; la côte suisse ciselée de pro-
montoires, la côte de Savoie toute droite jusqu'à
la Tour ronde jetaient leurs ombres sur les eaux.
L'air était très pur, et les chaudes colorations du
lac en face de Montreux se perdaient du côté de
Genève dans une vapeur bleuâtre. Illuminés par
le soleil qui disparaissait lentement derrière la
ligne noire du Jura, les sommets des Alpes étin-
celaient avec les blancheurs éclatantes de leurs
névés, et les châtoiements de leurs rochers inon-
dés de lumière, tandis que les côtes s'envelop-
paient dans l'ombre qui montait graduellement
des forêts de la côte aux glaciers. Et le ciel, teint
au zénith de couleurs chaudes, violet foncé, pâlis-
sait en s'inclinant jusqu'aux montagnes.

En ce moment, amené par un hasard, Auguste
arriva.

Depuis trois jours, il était privé de sa maîtresse
et il errait en pensant à elle, très malheureux.

Quand il la vit à côté de Métivier, il n'écouta

point la prudence et, sous les regards stupéfaits du vieux pauvre, il alla saluer les deux pa-
rias.

Gabriel, remarquant sa pâleur, son émotion su-
bites, se sentit mordu par la jalousie. Il s'aperçut,
aussi, qu'en quelques semaines Auguste était devenu un autre homme : ses mouvements, autrefois si gênés, avaient acquis une certaine aisance ;
il savait développer avec une grâce relative ses
membres vigoureux ; le commerce d'une femme
l'ayant rendu coquet, il nouait ses cravates avec
régularité et portait des gants. Sa taille se relevait avec des fiertés ; on devinait en lui un sentiment de force, de santé, de virilité éveillée, qu'il
possédait depuis peu.

A plus d'une reprise, Gabriel crut surprendre
entre sa maîtresse et le jeune homme un froncement de sourcils, un regard, un signe.

Il cherchait à les observer sans en avoir l'air.

Mais, soudain, il fut pris d'un violent accès de
toux : pendant que sa poitrine se secouait avec
des sifflements rauques, Auguste et Palmyre prirent rendez-vous pour la nuit du surlendemain.
Il ne put les entendre, mais il les remarqua. C'é-
tait un indice ; il lui fallait une certitude.

— Vous devriez rentrer, monsieur Métivier ; le

soir approche, lui dit Auguste, mal à l'aise en présence de cet homme qu'il trompait.

— Non, restons !...

Cette réponse, dite d'une voix anhelante et faible comme un souffle, est si sèche, que les deux amants se regardent ; — les a-t-il entendus tout à l'heure ?... En tout cas, il a des soupçons, il faut bien se tenir.

Cependant, comme l'a dit Auguste, le soir approche. De petits nuages courent dans le ciel, noyant les lointains dans une ombre vaporeuse ; l'un d'eux, tout blanc, se tient comme appendu à l'extrême sommet de la Dent-d'Oche ; un vent plus frais souffle des montagnes et ride le lac, dont les flots, réfractant comme des prismes les rayons du couchant, se nuancent à l'infini, plaqués ici de larges taches mauves, là plombés avec des scintillements de paillettes, ailleurs rutilants de reflets aurore. — Les deux Anglais sont partis, suivis des gamins. Bientôt, le monsieur à la lunette dit à sa compagne : « On ramène les vaches au chalet : il n'y a plus rien à voir ! » Et tous deux s'en vont. Le vieux pauvre reste seul, malgré ses grands maux, attentif aux actions du « fils à monsieur le pasteur ». Le silence règne sur la terrasse.

— Je vous assure, monsieur Métivier, répète
Auguste, que l'air devient mauvais... Vous n'êtes
pas encore assez bien pour faire des imprudences... Il faut rentrer ; je vous accompagnerai.

— Merci, restons !

Le lac s'est ridé davantage encore ; peu à peu,
il perd ses couleurs chaudes ; sous les nuages
plus épais rassemblés à l'occident il prend des
tons lourds, d'un gris verdâtre, qui se fondent
avec les tons plus blancs des montagnes. On dirait
la mer. De l'autre côté, du côté de Villeneuve, les
Alpes flambent encore, et, dans les eaux pâlis-
santes, la ligne jaune du Rhône se dessine nette-
ment. Ici et là, une « bezule » plonge ou vole en
jetant, d'un rayon, les lueurs de ses ailes blanches.

— Gabriel feint d'être plongé dans sa contemplation ; en vain ses compagnons, prudents, ne cher-
chent point à se parler ; tout au plus se disent-ils
de temps en temps, à haute voix, une phrase
banale. Des sons d'angélus, venant de quelque
village, traversent l'air, résonnant avec des tristesses de glas funèbre. Le bruit d'une toux inter-
rompt leur mélodie et déchire l'espace.

— Je vous en conjure, monsieur Métivier, ren-
trez ! Vous avez déjà trop attendu.

— Voyons, Gabriel, sois raisonnable !...

9.

— Non, restons !

... Ils finiront par se parler : ils doivent avoir beaucoup de choses à se dire, et la tentation est forte... A deux pas, le vieux pauvre sent un frisson courir dans ses membres engourdis ; la prudence l'emporte sur la curiosité ; il se lève avec effort, il s'en va, non sans se retourner. — Sur la route, trois chèvres qu'on ramène passent en agitant leurs grelots. — A présent, l'ombre a presque tout envahi ; seules, les plus hautes cimes s'allument encore sous les caresses des derniers rayons. Le lac moutonne aux coups d'un vent de plus en plus vif, et ce vent fait chanter les arbres. La nuit commence à fondre dans son harmonie les frémissements d'ailes d'une chauve-souris ou d'une phalène, le cri-cri monotone du grillon, les soupirs des feuilles. De vagues parfums flottent dans l'air.

—Mais décide-le donc, Palmyre, il en mourra !...
Elle hausse les épaules.

Gabriel a entendu ! Le geste indifférent de sa maîtresse ne lui a pas non plus échappé... Il dit :

— Partons, si vous voulez !...

Et d'un effort, il domine sa colère. Sa fièvre lui fait illusion. Il se croit plus fort. Il songe à se venger. C'est d'un pas presque allègre qu'il descend la côte.

— Qu'a donc M. Métivier? Nous aurait-il entendus?

— Je ne crois pas.

Il entend encore.

En arrivant devant le perron de l'hôtel, là même
où, quelques semaines auparavant, il avait serré
pour la première fois la main d'Auguste, il lui dit :

— Merci de votre sollicitude, monsieur le théologien ; je vous en suis bien obligé.

Sa voix vibre. Il refuse la main que lui tend le
jeune homme.

En entrant, au concierge :

— Faites chercher M. Benin pour demain, de
bonne heure.

Dans sa chambre, Gabriel s'assit dans sa chaise-
longue et resta longtemps en silence, jouissant
de l'anxiété de Palmyre. Sa colère montait. Il demanda, d'un ton à la fois violent et ironique :

— M'aimes-tu toujours, mon ange?...

Elle lui répondit, en voulant l'embrasser :

— En peux-tu douter?

Il la repoussa.

— Tu m'aimes, — bon!... Et tu aimes bien
aussi M. Auguste, n'est-ce pas?

Palmyre essaya de ne pas comprendre.

— Mais oui. C'est un gentil garçon.

— Charmant! je suis tout à fait de ton avis...
doué de qualités solides... oui, — de qualités
rares... d'une charité chrétienne qui fera le bonheur de sa mère!... Comme il est bon pour tout
le monde... pour moi surtout... oh! pour moi :
un frère!...

Elle voulut parler; il la fit taire d'un geste.

— Il te recommandait de prendre soin de moi.
C'était touchant!... Ma parole, c'était touchant!

Elle balbutia :

— Quoi de plus naturel?

Alors, il éclata :

— Il te disait *toi!* « Décide-le donc, Palmyre,
il en mourra! » Toi, tu haussais les épaules!...

Et, s'excitant de ses propres paroles :

— Oui, il avait raison, je le reconnais : j'en
mourrai peut-être!... Mais trop tard pour toi, ma
petite!... Non, non, ne nie rien, va, ça n'est pas
la peine!... D'ailleurs, je te comprends... Tu en
avais assez, du poitrinaire!... Il te faut des
hommes bien portants à toi, des hercules, des
taureaux, des... que sais-je?... Et les autres, ceux
que tu prends parce qu'ils sont riches, tu les
tues pour avoir leur argent... Très malin, ça,
sais-tu? Combien de fois l'as-tu déjà joué, ce tour-

là? ou raté, peut-être?... Ah! diable! il faut
prendre garde, ma chère! des occasions comme
ça se font rares... Et puis tu vieillis, vois-tu? tu
vieillis!... Bientôt, les hommes ne voudront plus
de toi; il faudra que tu les payes comme ils payent
tes semblables... Ah! si tu avais eu mon argent,
ça aurait marché tout seul! Mais tu ne l'auras
pas, tu n'auras pas un centime!... Attends! je
vais te jeter à la porte... toute nue!... On te laissera ta robe, par pudeur pour le public... Mais
ôte un peu ces boucles d'oreilles, ces chaînes,
ces bagues! C'est à moi, tout ça... Allons, madame, rendez-moi mon bien!... Et va-t'en!... va...
t'en!... va!... va!...

Un accès de toux lui coupa la parole. Son effort
l'avait brisé. Sa poitrine se soulevait avec un
râle. Son corps bruissait, des sifflements sortaient de sa gorge. Palmyre comprit qu'il lui suffisait de gagner du temps. Mais comment faire?
Elle ne pouvait songer à nier; il ne l'eût même
pas écoutée.

Il n'y avait qu'une seule ressource : jouer la
sincérité.

Elle se fit suppliante :

— Oui, tu as raison, je suis une misérable!...
Je t'ai trompé!... Je me suis livrée à cet individu

sans savoir pourquoi, par bêtise, — ou par lâcheté, pour ne pas dire non... Que veux-tu?... je
suis une fille, moi, ce n'est pas ma faute!... Pourtant, je t'aimais, toi seul...

Epuisé, Gabriel murmura, avec une ironie
mourante :

— Oui, moi seul!... et lui... et beaucoup
d'autres.

— Non, je te le jure, toi seul!... Lui, était un
accident dans ma vie. Toi, tu es ma vie entière!...
Quand tu souffres, je souffre aussi, comme si je
toussais ta toux, comme si je crachais ton sang!...
Non, jamais je n'ai aimé personne autant que
toi!...

Comme il branlait la tête avec doute, elle, habile à flatter les vanités secrètes :

— Oui, jusqu'à toi, je l'avoue, j'ai pris des
hommes ce qu'ils me donnaient, leur argent surtout. Toi, tes baisers me rendaient folle!... Tu me
reproches mes ardeurs, aujourd'hui : pourquoi
les excitais-tu?... Va, ce n'est pas ma faute, si tu
es malade, c'est bien la tienne; tu aimais trop; tu
savais trop aimer... Ton âme de feu conduisait tes
sens... Que veux-tu que j'y fasse? J'ai partagé tes
ivresses, voilà tout!... Tu as tort de me le reprocher, car tu me dois tes plus beaux jours, tes

meilleures nuits !... Tiens! il me suffit d'éveiller
en toi de tels souvenirs pour animer ton regard...

Il voulut l'interrompre :

— Tais-toi! tais-tois!...

— Non, je te dirai tout!... Tu suspectes ma
bonne foi; mais tu ne connais donc pas les
femmes?... Laquelle de nous pourrait supporter
pendant presque une année une feinte de toutes
les heures? Nous sommes rusées, on l'a dit souvent; mais nous ne savons pas feindre la passion... Vois-tu, quand nous nous sommes roulées
dans les bras d'un homme, quand nous avons
mordu sa chair, crois-le bien, nous lui avons
donné le meilleur de notre sang...

Il l'interrompit, d'une voix fatiguée :

— Tu veux dire vendu!...

Elle ne se déconcerta pas.

— Donné, j'ai dit donné, car tout cela ne peut
ni se vendre ni se feindre. Je me suis vendue
souvent; à toi, je me suis donnée, car ce que j'ai
fait pour toi, ton or ne suffirait pas à le payer...
Et c'est ce que tu me reproches!... Mais, sans
moi, tu serais mort peut-être! Je t'ai donné du
trop plein de ma vie!

Elle était belle en parlant ainsi, les yeux fulgu-
rants, la poitrine soulevée, jouant comme une

actrice qui pleurerait sa vraie fille sur une bière
de carton, aux yeux de trois mille spectateurs. Sa
voix avait une intonation cuivrée, enivrante
comme un chant de sirène. Ses phrases pressées
tombaient avec une cadence vague. Et, sous le
fouet de ses souvenirs, le moribond se ranimait
comme aux gouttes de quelque magique élixir.
Chancelant, presque convaincu, il s'écria :

— Ah ! si tu ne me trompais pas !

Elle se sentit près du triomphe. Un dernier
effort allait suffire :

— Je suis vraie !.... Crois-tu que je l'aie traité
comme toi, ce fils de pasteur ?... Il n'a pas maigri,
lui ; mes baisers ne l'ont pas dévoré ! Je le quit-
terai demain et je l'oublierai. Toi, jamais, jamais,
car ton sang est dans mon sang !

Sa voix avait la chaleur d'une caresse. Elle se
tut, ne pouvant monter plus haut. Et Gabriel reprit, avec son doute décroissant :

— Tu me trompes ; tu me trompes !

Alors, elle appela la mélancolie à son aide. Elle
se fit douce, triste, résignée...

— Ecoute ! Ce que je veux de toi, c'est ta confiance et ton pardon... Fais venir demain ton notaire, brûle ce testament dont tu m'as trop parlé...
Mais permets-moi de rester auprès de toi, de te

fermer les yeux si tu meurs... Je veux enterrer
moi-même le seul homme que j'aie aimé... Après,
j'en trouverai d'autres qui ne me laisseront pas
mourir de faim... Et ne sois pas jaloux, va !...
Trop peu de moi te survivra pour que je puisse
les rendre heureux !...

Il était vaincu, fasciné. Il la regarda en murmurant :

— Une preuve ! une preuve !

... n'osant dire ce qu'il demandait...

Elle le comprit...

Un combat d'un instant se livra en elle : c'était
peut-être la contagion, la mort ; — c'était en tout
cas la fortune ! Et, la première bataille qu'elle
venait de gagner lui inspirant une sorte d'hé-
roïsme, elle s'écria :

— Oui, je veux tout !... Si c'est la mort, ah !
tant mieux !

Et elle tomba, en claquant des dents de terreur,
dans les bras de ce cadavre galvanisé.

. . . .

... Mais lui, retrouvant toutes ses défiances :

— Va-t'en ! va-t'en ! lui cria-t-il de nouveau. Tu
m'as trompé ! Tu me trompes jusqu'au bout, je le
sais ! Tu mourrais pour me tromper !... Je ne te
crois pas, je ne te pardonne pas, je te déshériterai

demain! Ah! grand Dieu! délivrez-moi d'elle!
faites au moins que je meure en paix!...

Elle le regarda; le visage de Gabriel était
pourpre de fièvre, son corps se tordait dans une
convulsion, le souffle lui échappait.

Il perdit connaissance. — Il allait mourir, peut-
être...

Elle resta là, fixe, et elle murmurait :

— Demain!... Oh! demain?...

VII

Le lendemain, M. Benin ne put venir avant trois heures. Métivier était à l'agonie. Un médecin le regardait mourir. Palmyre pleurait dans un coin. — Elle alla au-devant du notaire.

— Vous venez trop tard, monsieur, lui dit-elle... Je ne sais pourquoi il vous a fait chercher, mais il ne pourra malheureusement pas vous l'apprendre... Vous pouvez vous en retourner..

M. Benin s'inclina. Mais, comme il regardait le moribond, il remarqua ses « yeux », tournés vers lui avec une fixité terrible.

— Regardez donc, madame!... Il a toute sa connaissance. Je suis sûr qu'il me dit de rester !...

— Je ne crois pas, monsieur... Ah! si vous étiez venu deux heures plus tôt!... Il y a deux heures, il pouvait encore parler... Maintenant, c'est fini, on ne connaîtra jamais sa dernière pensée...

Comme une des mains de Gabriel pendait, le docteur la remit sur le lit, en recommandant de ne pas parler trop haut.

— Oh! fit Palmyre, il ne doit plus rien entendre!... Voyez donc comme son regard est vague!... n'est-ce pas, docteur?

Le médecin assentit, en inclinant la tête.

— Mais non, je ne trouve pas, observa le notaire... Ses yeux ont l'air de vouloir me dire quelque chose...

Puis, remarquant que le malade faisait des efforts pour se tourner vers lui, il ajouta, en s'adressant à Palmyre :

— Si nous essayions de le comprendre? fit-il. Vous qui connaissez toutes ses pensées vous m'aiderez.

Les « yeux » brillèrent, ranimés par un éclair de joie.

— Voyez, continua M. Benin ; c'est clair, il nous entend ; nous finirons bien par savoir ce qu'il veut dire.

Puis, tout bas :

— Si le testateur ne parvient pas à s'exprimer
d'une façon plus précise, ce que nous compren-
drons n'aura pas de valeur juridique. Mais il faut
essayer de le tranquilliser ; d'ailleurs, pour vous,
ses dernières volontés seront sacrées...

Et, revenant au mourant :

— Vous voulez changer quelque chose à votre
testament, n'est-ce pas ?

Les « yeux » ne remuèrent pas.

— Non ?... Vous ne voulez pas ajouter une
clause, un codicille ?...

Les yeux restaient immobiles. Palmyre dit :

— C'est inutile, monsieur, vous le voyez bien !

Un regard protesta. Le notaire reprit :

— C'est peut-être à moi seul qu'il veut parler...
Faut-il que madame sorte ?

Les « yeux » firent non, avec énergie et par
deux fois.

— La présence de M. le docteur vous gêne-
t-elle ?

Les « yeux » ne bougèrent pas. Cela n'avait
aucune importance. Néanmoins, par discrétion,
le médecin sortit.

— Donc, reprit M. Benin, vous ne voulez rien

ajouter?... Non... Alors, vous voulez retrancher quelque chose?

Les « yeux » s'ouvrirent et se fermèrent plusieurs fois de suite. Aucun doute n'était possible : ils disaient oui !

— Voulez-vous réduire votre legs aux pauvres?... ou bien celui à l'hospice de Montreux?... Alors, c'est celui que vous faites à M. Réval?

A ce nom, les « yeux » fulgurèrent.

Palmyre suivait avec un effroi croissant les progrès du terrible duo.

— C'est cela, fit le notaire enchanté. Vous ne voulez rien laisser au pasteur... Mais, cher monsieur...

A présent, les « yeux » disaient non.

— Allons ! bon ! nous n'y sommes pas encore.

Palmyre haussa les épaules.

— Vous n'y arriverez jamais... Il n'a plus ses idées claires... Comment voulez-vous qu'un homme si près de la mort sache encore ce qu'il veut?...

Cette phrase cruelle étonna le notaire ; en même temps, les regards du mourant cherchèrent Palmyre avec une telle expression de haine, que M. Benin devina. Mais il hésita encore un peu avant de parler.

Enfin, se décidant :

— Voudriez-vous... par hasard... annuler votre testament ?...

Les « yeux » dirent oui de toute leur force, tandis que le moribond faisait quelques mouvements qui lui coûtaient de grands efforts et que ses lèvres aphones s'agitaient : tout son corps tremblait.

Il voulait parler à tout prix.

Il ne put.

Palmyre cachait sa figure dans ses mains, voyant crouler son rêve au moment où elle allait le réaliser.

— Non, non, balbutia-t-elle. Vous vous méprenez, monsieur !... Je ne lui ai jamais fait de mal... Pourquoi voudrait-il... comme cela...?

Elle ne savait plus ce qu'elle disait. Les « yeux » la foudroyèrent. Un grand silence régna. Puis le notaire, anxieux, dit :

— C'est bien grave, cela, c'est bien grave... Pensez donc, cher monsieur, je ne puis pas le détruire, ce testament ! L'annuler par un acte ?... Hum !... Il faudrait des témoins, et, dame ! ils ne comprendraient peut-être pas vos regards comme nous !... Comment faire ?... Vous auriez dû réfléchir !

Les « yeux » se fermèrent un instant, — puis se rouvrirent avec une expression d'indicible désespoir. En même temps la main droite, cette main diaphane qui tremblait, remuait faiblement.

— Pourriez-vous signer?... Oh! si vous pouviez signer, nous serions sauvés!... Ecoutez! je vais chercher deux témoins!... Reposez-vous un peu, pendant ce temps... Nous dresserons l'acte, et vous ferez un grand effort!...

Il sortit. Palmyre restait seule avec le mourant.

— Tes yeux!... tes yeux!... fit-elle. — Ah! si je pouvais les crever!...

Puis elle se mit à marcher dans la chambre.

Elle avait quelques minutes devant elle. Que faire?...

Cependant, le notaire à peine sorti, Gabriel, pris d'un spasme, s'agita, cherchant à se dresser sur son séant pour respirer plus à l'aise.

Alors, elle eut une idée : elle retira le traversin.

Le malade parut lutter un instant; puis sa tête se renversa, tandis qu'un peu d'écume sanglante montait à ses lèvres. Et les dents serrées, malgré les convulsions dont le corps était secoué, elle resta près de lui, les yeux dans ces yeux qui allaient la ruiner si elle ne les éteignait pas tout de suite et qui, au paroxysme de l'épouvante, démesurément ouverts, sortaient de leurs orbites comme pour échapper à la tombe et pour parler quand même.

. . . .

Au bout d'un instant, au fracas de la poitrine râlante, elle comprit que Gabriel ne signerait pas.

Et elle répara le désordre du lit.

. . . .

Quand M. Benin rentra, suivi du propriétaire et d'un garçon de l'hôtel, tous deux curieux de connaître la dernière pensée de M. Métivier, Palmyre, encore un peu agitée, se tenait dans l'embrasure d'une fenêtre. M. Pellerin courut appeler le docteur... Les yeux du moribond s'ouvraient et se fermaient, ternes, sans aucune expression : il y eut encore quelques tressautements de la poitrine, deux ou trois sifflements d'haleine dans la gorge, puis un soupir...

Palmyre Veulard était cinq fois millionnaire.

Le propriétaire pria les témoins de cette scène de ne pas l'ébruiter : bien des gens quitteraient l'hôtel s'ils savaient qu'on y gardait un cadavre. Il faudrait aussi prendre des précautions pour que l'enterrement fût le plus secret possible.

10

Palmyre se sentait délivrée d'un tel poids, si contente sans le moindre remords, qu'elle ne trouva pas une larme. Elle eut peine à prendre un air de stupeur, à s'asseoir en silence à côté du lit funéraire. Elle n'avait point oublié son rendez-vous ; aussi fit-elle transporter le cadavre dans son propre appartement, en déclarant qu'elle voulait être seule à le veiller. C'était d'ailleurs une sorte de calcul : elle tenait à paraître pieuse envers le mort, pour que les témoignages lui fussent favorables dans le cas où la famille attaquerait le testament en captation.

A vrai dire, cette recommandation était superflue.

Personne ne s'occupait plus d'elle.

Le notaire ayant gardé le secret du legs, elle était pour l'hôtel une aventurière, une créature sans feu ni lieu qu'on s'apprêtait à jeter à la porte le plus tôt possible, en rattrapant sur la note présentée aux héritiers les dépenses qu'elle ferait jusqu'au jour de l'enterrement. D'ailleurs, les Pellerin étaient enchantés de faire sonner bien haut leur mépris pour la fille entretenue. Depuis les commérages à l'aide desquels M. Benin avait voulu tenter une révolution religieuse, madame Réval leur témoignait quel-

que froideur. Une excellente occasion de se ré-
habiliter devant elle s'offrait à eux. Ils avaient
toléré ce ménage irrégulier dans leur maison
bien famée par pitié pour un malade; une fois
le malade mort, ils n'avaient pas de ménagements à garder. Tout le monde peut se tromper,
n'est-ce pas? et qui n'aurait été dupe de la co-
médie jouée par cette femme?... Du reste, on lui
ferait sentir la vilenie de sa situation : sitôt le
testament ouvert, on la chasserait comme elle le
méritait. M. Pellerin donna même, à ce sujet, des
ordres à ses domestiques. Vers cinq heures, Palmyre,. qui n'avait pas déjeuné, eut peine à se
faire servir un repas dans sa chambre. Elle fut
forcée de remarquer la mine impertinente du
garçon. Plus tard, ayant un menu service à demander, elle dut sonner trois fois la femme de
chambre.

Elle ne sentit pas trop vivement ces petites con-
trariétés : elle songeait à la manière dont elle or-
ganiserait son service dès qu'elle serait de retour
à Paris; de plus, elle était distraite.

Malgré l'ordre qu'elle avait donné, Palmyre s'attendait à voir madame Pellerin monter un instant auprès d'elle. Mais, quand on sonna la clo-
che du dîner, personne encore n'était venu. Pen-

dant quelques minutes, ce fut un brouhaha dans
l'escalier descendu par trente locataires. Puis le
silence se fit.

En même temps, le soir approchait ; et sous
l'influence des tristesses du crépuscule, elle devint mélancolique, éprouvant un grand sentiment
d'ennui. La nécessité de passer deux ou trois
jours de solitude dans cette maison où l'on ne
s'occupait plus d'elle, où on la méprisait sans
doute, lui parut cruelle. — Et l'envie folle de partir la prit... Malheureusement, c'était impossible.
Il fallait être bonne et affligée jusqu'au bout ; ses
intérêts exigeaient sa présence à Montreux ; comme
elle voulait décider Auguste à partir avec elle,
elle serait peut-être même obligée d'attendre plus
longtemps...

Après tout, Auguste lui tiendrait compagnie ;
il veillerait avec elle l'homme qu'ensemble ils
avaient trompé...

Mais il était si peu libre, ce garçon ! A peine
pouvait-il venir quelquefois dans la nuit, parfois
fort tard... Ce soir, il se ferait sans doute attendre... Et elle sourit en se rappelant qu'à leur premier rendez-vous il s'était oublié jusqu'après le
lever du soleil, au risque de se faire surprendre

en sortant : ce jour-là, son embarras était comi-
que !...

... Un moment, elle resta sous l'impression de
ce souvenir. Puis elle regarda dehors : des touristes s'étaient fait servir sur la terrasse ; leurs
rires coupaient le cliquetis de leurs fourchettes,
les chocs de leurs verres avaient des sonorités
gaies. Ils mangeaient de bon appétit et buvaient
sec. Peu à peu, comme les ombres augmentaient,
comme les bruits vagues du soir avaient une harmonie de chœurs plaintifs, eux-mêmes, émo-
tionnés, se turent dans le recueillement des
choses...

Ah ! que la nuit serait longue !... qu'il vaudrait
mieux filer à toute vapeur sur Paris !... ou seulement être dans une maison moins seule, n'ayant
devant soi ni les masses sombres des montagnes,
ni l'étendue du lac immobile, à peine animé par
deux ou trois voiles latines longeant les côtes de
Savoie !... Oui, quelques fenêtres seulement, avec
des visages derrière, et un peu de bruit humain
au lieu de ce bourdonnement de feuilles agitées,
de vagues gazouillis, de phalènes frôlant des
fleurs languissamment fermées !...

Le dîner fini, ceux des étrangers auxquels l'air
du soir n'était pas bon remontèrent. Ce fut une

10.

distraction. L'un d'eux butta contre un escalier ;
il y eut des rires. Une voix de femme cria quelque
chose du second étage ; une voix d'homme lui répondit d'en bas. Un enfant pleura. Des portes
s'ouvrirent et se fermèrent. Puis ce fut tout.

Palmyre se remit à la fenêtre. Quelques personnes étaient descendues sur la terrasse : un
couple de jeunes mariés regardaient rêveusement
le lac ; l'épouse, oubliant le monde, se serrait
contre son époux avec de jolis mouvements de
colombe amoureuse. Un vieillard chenu, accompagné de sa fille enveloppée dans un châle bleu,
les regardait en souriant. Trois enfants, surveillés
par une bonne, se renvoyaient une balle. Le piano
du rez-de-chaussée jouait un nocturne de Chopin.

Un instant, madame Pellerin se montra, leva la
tête vers l'appartement des Métivier, aperçut Palmyre et rentra aussitôt.

Elle montait, peut-être ?...

Non...

Un peu plus tard, rappelés par leur mère, les
enfants cessèrent leurs jeux en murmurant.
Comme l'air fraîchissait, le vieillard s'en alla. Les
deux amoureux restèrent seuls dehors, perdus en
eux-mêmes et dans leur contemplation. Le piano
s'arrêta un moment, puis une main d'homme se

mit à plaquer les lents accords d'une marche funèbre. Palmyre ferma la fenêtre.

... Il n'y avait plus d'huile dans la lampe. Elle
sonna. Personne ne répondit... Devrait-elle donc
se servir elle même?...

Alors, elle alluma les bougies des deux candé-
labres placés sur la cheminée, et aussitôt des taches de lumière se projetèrent sur le drap blanc
dont le cadavre était couvert. Elle essaya de s'é-
tendre sur un sofa. Mais elle se sentait inquiète,
agitée ; elle se releva bientôt, se promena dans la
chambre ; elle pensait à Gabriel, qu'elle avait
presque oublié. Le pauvre garçon!... s'il ne l'a-
vait pas rencontrée, il vivrait peut-être encore,
au lieu d'être couché sous ce drap d'hôtel. Oui,
elle lui avait été fatale, — plus qu'elle ne l'aurait voulu, — car au fond elle n'était point méchante.... Ce n'était pas sa conscience qui parlait, non, elle n'avait aucun reproche à se faire ;
elle avait aggravé le mal sans le vouloir, et à la
fin... mon Dieu! à la fin, il était si près d'expirer,
qu'un peu plus tôt, un peu plus tard...

Néanmoins, un attendrissement la prit ; elle se
mit à plaindre le trépassé ; elle eut l'idée des
souffrances de la dernière heure ; elle se sentit enveloppée dans le sinistre de cet étouffement ; et

elle se le rappela par une sorte de sympathie
rétrospective, par une pitié du souvenir... Il était
si bon, si facilement satisfait d'une seule parole
tendre ; d'un tel cœur rempli d'amour, désintéressé, généreux !... le premier, il lui avait donné
des chevaux de race... Jamais aucun n'avait eu
pour elle, comme lui, des attentions délicates ;
aucun n'en aurait jamais de semblables : à son
bras, tout le monde la traitait en honnête femme...
Sans doute, il était faible, chétif... Mais il savait
lui trouver les bijoux qu'il lui fallait... Et puis ses
caresses, si différentes de celles des autres, avaient
un charme ; ses pauvres bras amaigris, comme
privés de leurs muscles, se nouaient autour d'elle
avec des douceurs enfantines ; son œil bleu la
cherchait sans cesse, errant dans des anxiétés de
petit garçon malade ; ses mains fiévreuses, en caressant ses cheveux, les effleuraient à peine
comme des ailes d'ange...

Cela ne manquait pas d'agrément... Et il ne lui
refusait rien, et il aurait sacrifié sa fortune pour
lui éviter une peine, donné sa vie pour lui causer
une joie... Il lui appartenait tout entier, elle
avait la clef de cette existence ; quand elle le ta-
quinait un peu, il ne pouvait cacher sa tristesse ;
il exultait de reconnaissance pour un serrement

de main ; jamais elle ne trouverait une pareille
occasion d'exercer en triomphe sa puissance de
femme... Maintenant, il était mort ; elle aurait pu
le faire vivre...

Alors, elle se prit à le regretter tout de bon.

... Elle se consola en se disant que cette mort
lui était nécessaire pour la porter aux sommités
rêvées, pour la sortir définitivement de la fange
dans laquelle elle marchait depuis son enfance.
Elle s'assit et, tout en escomptant ses félicités
futures, elle eut une sorte de rêve, — un rêve à
demi éveillé, pesant, malsain. Dans ce rêve, elle vit
d'abord des choses très grandes : les foules de la
Ville géante, — ces foules dont les flots roulent les
souverains de tous pays et les déshérités de
toutes nations se coudoyant en quête de plaisirs,
— ondoyaient à ses pieds. Elle était reine, elle effaçait toute lumière par le double éclat de sa
beauté et de son or. Grands et petits briguaient ses
faveurs ; elle pouvait choisir entre les monarques
exotiques, à peau jaune, et les bohèmes affamés
d'amour comme de pain... Puis la foule s'écoula :
dans une sorte de désert, Auguste et Profès apparurent, luttant l'un contre l'autre, saignants de leurs
coups. Profès était le plus fort. Elle voulut se lever
pour secourir Auguste. Elle ne put. Une main

froide, dont le contact glacé lui faisait courir un frisson dans le dos, la clouait à sa place.

Ce cauchemar l'étreignit un moment. Elle haleta pendant quelques minutes, puis s'éveilla. Un rayon de lune passait à travers les vitres et jouait sur le parquet; les mousselines des rideaux brodaient sa nappe blanche de bizarres arabesques. Elle regarda le lit; sous les lueurs vacillantes des bougies, le linceul semblait s'agiter. Effrayée, elle eut pourtant le courage de s'approcher.

L'illusion disparut.

Mais il lui resta une forte sensation de malaise, avec le besoin absolu de voir autre chose que cette chambre pleine de mort, d'entendre autre chose que ce silence, de sentir la présence d'un être animé entre elle et le cadavre.

Un instant, elle écouta un papillon de nuit bruire dans la chambre ; puis, l'insecte s'étant brûlé les ailes et le silence recommençant, scandé par les tic tac de la pendule qui lui semblaient plus forts, elle rouvrit la fenêtre.

La clarté de la lune coupait l'obscurité d'un rayon de blancheur mystérieuse. Les arbres, dont les silhouettes avaient des balancements sinistres, gémissaient, agités par un vent faible; et, à intervalles irréguliers, leurs murmures plus forts

ressemblaient à de gros sanglots. Le cri monotone d'une hulotte, cachée à quelque distance,
déchirait l'espace. Pas d'autre bruit, rien de vivant, rien que les plaintes des feuilles et le chant
lugubre d'un oiseau triste; l'hôtel endormi,
toute la nature endormie, et d'un sommeil pesant
comme celui de la mort.

Affolée, Palmyre referma la fenêtre.

Comme elle se retournait, ses regards rencontrèrent de nouveau le drap blanc. Une invincible
terreur l'attira vers le lit; et longtemps elle resta
debout, stupide, à contempler les formes du corps,
sous le linceul, épiant un mouvement, se répétant :

— Si l'on s'était trompé ?... si l'on s'était
trompé ?...

Puis, comme les douze coups de minuit tombaient dans le silence, elle se rappela des histoires de revenants vengeurs... Or, si jamais les
vieux morts doivent sortir de leur paix pour venir troubler les vivants, c'est assurément quand
un cadavre tout frais emplit une chambre des
premières odeurs de la tombe...

... Ah ! Dieu ! s'il allait se relever, s'avancer sur
elle en faisant craquer ses os, la prendre dans ses
bras de squelette comme il l'avait prise l'avant-

veille encore, dans ses bras de moribond!...

Il fallait se ménager une fuite, ne pas rester si près de lui!...

Et elle put arracher ses pieds du sol et se sauver dans la chambre à côté, claquant des dents, grelottant la peur de tous ses membres.

Puis elle eut l'idée de prier. Elle se jeta à genoux en criant :

« Dieu! Dieu! Dieu! » avec des mots sans suite. Le bruit de sa voix redoublait son épouvante; elle se releva en bondissant comme une folle pour aller s'affaisser, épuisée, presque sans connaissance, sur un sofa.

Elle ferma les yeux et eut un instant de répit : la pensée d'Auguste se présenta à elle : comme il tardait à venir!...

Au bout de peu de temps, elle fut prise de frissons, d'un froid plus perçant que celui de la peur. Ce froid venait de la cloison contre laquelle était appuyé le sofa... Sans nul doute, c'était le froid du mort qui, perçant la muraille, enveloppait ses membres comme dans un manteau de glace, allait peut-être la raidir. C'était une dernière carresse, un appel à la couche funèbre, pour laquelle il venait certainement la chercher, à cette heure...

Elle se leva, gagna une autre place; mais ce

froid l'avait pénétrée jusqu'à la moelle : comme
une main crispée, il ne la lâchait pas, il la secouait d'un frisson, sans trêve.

A un moment donné, elle se mit à tousser, —
comme l'autre toussait la veille encore... C'était
là l'explication de tout : il se vengeait ! Dans ses
derniers baisers, quand il essayait pour la dernière fois de coller à ses lèvres une bouche râlante, il lui avait communiqué son mal ; et ce
froid qui venait de lui, et cette toux, c'était un
signe, c'était un ordre !...

Ah ! la mort était là !... Peu à peu, dans quelques jours, peut-être dans quelques heures,
elle allait voir se déssécher sa chair, saillir ses os ;
la fièvre empourprerait ses pommettes ; son corps
dépérirait, veule, flasque, et glacé ; peut-être, à
son dernier jour, quelque héritier l'étoufferait-il
dans un spasme en lui retirant son oreiller, — qui
sait, peut-être même en pressant un mouchoir
sur sa face !... Néanmoins, quand sa toux fut cal-
mée, elle regretta de ne plus avoir une souffrance
précise à dominer. Le moindre frôlement de sa
robe contre un meuble ou sur le parquet semblait
inexplicable à ses sens surexcités, redoublait sa
terreur.

L'oreille tendue, elle frémissait à sa propre

11

respiration, croyant entendre un souffle pénible
dans l'autre pièce.

Elle s'assit ; mais dans ses mouvements nerveux, son pied faisait bruire le tapis.

Cette fois, ah ! cette fois, c'était lui ! c'était bien
lui, qui s'était dressé sur son séant, debout, ef-
frayant dans sa maigreur de ressuscité....

Il allait appeler, il allait tout dire...

Il fallait « voir », lui imposer silence à tout
prix, le rejeter dans cette tombe où il ne voulait
pas rester. Il finirait bien par demeurer tranquille, tué une seconde fois... — Allons ! du courage !... Elle ouvrit la porte de la chambre mortuaire ; le rayon de lune, près de la fenêtre une
heure plus tôt, avait bougé ; maintenant, il coupait le seuil d'une ligne blanche, il défendait l'entrée, il la repoussait. Elle dut lutter contre lui,
contre les terreurs et les éblouissements qu'il lui
jetait. Elle fut forte. Elle parvint à passer.

Son regard chercha le lit ; le drap s'agitait...

... Le drap s'agitait : donc, le médecin s'était
trompé, prenant pour la mort quelque longue léthargie. Ça arrive, ces choses-là... — et le défunt
revenait peu à peu. Il devait avoir d'étranges pensées, sous ce linceul ; pourquoi ne le soulevait-il
pas ?... Coûte que coûte, il fallait « voir »... D'un

brusque mouvement, et en tournant la tête, elle
le découvrit.

... Non. Son imagination l'avait trompée. Le cadavre était là, bien tranquille et déjà raide. Ses
doigts s'étaient recourbés sur le pouce fléchi dans
la dernière crispation. On avait négligé de faire
sa toilette : quelques gouttes de sang maculaient
le devant de sa chemise ; un peu d'écume rosâtre
coulait, bavant sur le menton. — Et la tête était
horrible, véritable tête de squelette recouverte
d'une peau jaune, ridée dans le creux des joues,
ridée au front, ridée partout, comme la peau d'un
vieillard. La barbe, éclaircie, cachait mal le décharnement du cou. Les lèvres s'étiraient sur les
dents, imposant à la face entière une sorte de rire
macabre... Pourquoi riait-il ainsi ? Qui narguait-il,
de son immobilité morte ? Quelle pensée cachait-il
sous cette grimace atroce ?

Et ce n'était pas tout : les yeux étaient ouverts,
ternes, fixes... Quoi donc ? on ne les avait pas fermés ?... C'est pourtant l'usage, on ferme toujours
les yeux des morts... D'autant plus que c'est facile : on appuie le doigt sur la paupière, puis on
tire doucement...

Elle posa une main sur le bord du lit, avança
l'autre. Le sommier gémit. Elle recula. Elle re-

trouvait dans ces yeux le regard de la dernière
heure, ce regard de désespoir, d'épouvante, de
haine. Ces yeux s'obstinaient à vivre dans le
cadavre. Ils voulaient rester ouverts, la poursuivre de leur menace, la brûler comme des flammes. Elle ne pouvait rien contre eux, rien, pas
même les cacher avec un bout de linceul, à présent qu'en les découvrant elle leur avait comme
rendu la lumière. Ils lui enlevaient toute force.
Ils la fascinaient. Ils l'appelaient à la tombe.

Un instant, elle forma le projet fou de se jeter
sur ce cadavre, de l'étreindre pour ne pas le voir
et puisqu'elle ne pouvait fermer les yeux, de les
cacher sous sa poitrine. L'horreur la retint. Et elle
restait debout devant le lit, clouée au sol, parta-
gée, entre sa terreur et la fascination du corps...

A cette heure, elle entendait tout, et tous les
bruits se grossissaient pour elle dans la chambre :
le tic tac sonore de la pendule; des soupirs dans
la maison; dehors, le bruissement du feuillage,
les plaintes du vent, le cri obstiné de la hulotte;
partout, des sons impossibles à définir. Tout
cela bourdonnait à son oreille comme un cantique de mort, comme un appel désespéré des
Choses à l'anéantissement.

Soudain les bougies, consumées jusqu'au bout,

vacillèrent, allongeant sur le lit des lames d'ombre et de lumière ; puis elles s'éteignirent. La chambre ne fut plus éclairée que par le rayon de lune qui grimpait contre la muraille... Bientôt, le rayon de lune aussi s'éteignit.

L'obscurité était complète. Cependant, Palmyre distinguait très bien le cadavre, dont les yeux fixes la poursuivaient encore...

Elle resta longtemps ainsi... Puis, par leur excès même, ses terreurs se calmèrent un peu. Elle put se détourner ; alors, pendant un instant, elle vagua dans la chambre. Elle frissonna, mais par instinct, quand sa robe frôla le lit ; plus encore quand sa main rencontra le froid de la muraille. Elle finit par tomber dans un fauteuil, en fermant les yeux pour ne plus voir cette écrasante obscurité, ce noir dans lequel la pièce entière était noyée. Là, ses sens s'assoupirent. Le bourdonnement des choses ne l'affolait plus ; le tic tac de la pendule n'était plus qu'un faible bruit. Elle n'avait plus la force d'avoir peur. Cependant, ses nerfs n'étaient point apaisés : son corps tressautait encore. Peu à peu, une grande lassitude l'envahissait ; et bientôt des pensées indécises comme des songes flottèrent dans son esprit.

Elle revit son premier amant, Raoul, l'étudiant ;

puis ce carabin qui l'avait battue ; puis d'autres, tous les autres : des hommes pris sur le boulevard, ou emmenés après une soirée de Bullier, et ceux dont elle n'avait jamais su les noms, et ceux dont elle ne reconnaissait pas les visages. C'était le défilé de ses caprices, de ses intérêts, de ses passions, de ses heures pâmées, de ses heures payées, de ses heures données, de ses heures volées, de ses nuits folles, de ses jours anxieux : sa vie entière. Mais aucun de ces hommes ne vivait. Ils passaient devant elle, blancs fantômes sans chair, aux yeux ternes, — glacés et raidis comme l'autre. Puis, après avoir entr'ouvert leurs lèvres pâles pour balbutier des mots qu'elle n'entendait pas, ils rentraient dans leur néant. Et il lui semblait que chacun emportait une parcelle de sa vie.

Leur passage la laissa sous une impression douloureuse d'étouffement. Deux ou trois fois elle essaya de se lever, de se mouvoir pour s'assurer qu'elle vivait encore. Mais non. Ses membres se refusaient à la servir.

Cette sorte de léthargie dura longtemps. Vers les deux heures, la pendule s'était arrêtée. Un silence de tombe régnait.

Tout à coup Palmyre entendit des pas assourdis...

Ah! lequel revenait encore?... lequel s'était trouvé en retard au défilé?...

Puis on gratta à la porte; était-ce bien un bruit réel, déterminé, vivant?...

... Oui, c'était Auguste, c'était la vie qui revenait!...

Elle ne put se lever tout de suite.

On grattait toujours.

Elle se rappela que la porte n'était pas fermée à clef. En faisant un grand effort, elle parvint à répondre :

— Entrez!

Et sa voix était rauque.

La porte s'ouvrit, une ombre noire se dessina, attendit un moment sur le seuil... Encore une hallucination, sans doute!

Mais non. Une voix bien connue murmura :

— J'entre, n'est-ce pas?

C'était lui! — C'était bien lui!

Sortie de sa torpeur, Palmyre courut au-devant de lui en bousculant la table. Elle le prit dans ses bras.

Elle pleurait, elle riait, follement. Il pensa qu'elle l'avait attendu longtemps et s'excusa de son retard.

— Je n'ai pas pu venir plus tôt; mon père tra-

vaillait à son sermon : je l'aidais à compulser les
textes...

Elle se pressait contre lui ; des sanglots la se-
couaient, tout son corps était en mouvement ; ses
bras se crispaient autour du cou d'Auguste. Il ne
l'avait jamais vue ainsi. Il eut peur.

— Je vais faire de la lumière... J'ai des allumettes !

Il eut beaucoup de peine à se dégager un peu.
Sans cesser de la soutenir d'une main, il prit une
allumette dans sa poche de gilet et la frotta contre
son pantalon. Une lueur jaillit.

— Où y a-t-il une bougie ? demanda-t-il.

Alors il vit que Palmyre avait la face décom-
posée ; elle écumait ; ses mains se tordaient, ses
yeux saillaient...

— Qu'as-tu ? au nom du ciel, qu'as-tu donc ? Tu
es malade...

Elle ne répondit pas. Il lâcha l'allumette, et
voulut la porter sur le lit, à travers l'obscurité.
Mais elle se raidit en criant :

— Non... Non... Non !... Pas là !... Pas là...

Et lui échappant, elle tomba sur le sol, en se
débattant.

Il la dégrafa sans voir clair. Il ne savait que
faire. Il eut l'idée de sonner et de s'enfuir ; mais

la crainte l'arrêta ; et puis si on le rencontrait?...
c'eût été lâche de l'abandonner ainsi.

Que pouvait-elle avoir? Allait-elle donc mourir
là, sans qu'il pût rien pour elle?

Il chercha vainement une bougie.

Alors il alluma d'autres allumettes : à leurs
lueurs fugitives il finit par remarquer le désordre
de l'appartement et, sur le lit, le cadavre...

Et longtemps encore Palmyre se tordit en écu-
mant sur le sol ; ses cheveux dénoués se collaient
sur son visage en sueur, d'où le fard était tombé ;
tout son corps se crispait et tressautait ; par moments, ses yeux s'ouvraient démesurément, avec
une expression de terreur poignante ou d'atroce
souffrance.

En tâtonnant, Auguste finit par découvrir de
l'eau : il se mit à lui bassiner les tempes.

Puis il la porta dans un fauteuil. Elle s'endormit en le regardant. Il passa le reste de la nuit à
la veiller, attentif à sa respiration, effrayé de tout
ce qu'il avait vu. Lorsque des rougeurs, dorant la
crête des montagnes, annoncèrent le lever du soleil, il s'en alla.

Quelques bruits se faisaient déjà dans l'hôtel
éveillé : des voyageurs, obligés de partir tôt, faisaient descendre leurs bagages. Le train du matin

11.

siffla. Les lueurs de l'aurore plus haute jetèrent
sur le linceul des tons indécis. Bientôt le soleil
entra, des poussières se mirent à danser dans un
rayon. Maintenant le drap blanc étincelait sous
un coup de lumière.

Palmyre dormait...

VIII

Le lendemain, des bruits coururent sur le con-
tenu du testament Métivier.

Alors, M. Pellerin regretta d'avoir mécontenté
sa pensionnaire et chercha par tous les moyens à
réparer ses torts. Le notaire vint s'entretenir avec
sa cliente ; il l'engagea fortement à s'établir dans
le pays ; même il offrit de lui procurer, à des con-
ditions tout à fait avantageuses, une villa rose
flanquée de tourelles.

Puis, ce fut le tour de madame Réval. Elle arriva
au bras de son mari. Tous deux apportaient leurs
condoléances à « cette chère madame Métivier ».
Le salut de Gabriel préoccupait beaucoup la

femme du pasteur; elle ne l'avait jamais oublié dans ses prières.

Madame Pellerin se chargea des mille petits soins qu'on avait négligés la veille, surtout de la toilette du mort; après une si longue attente, le corps étant raide, on eut beaucoup de peine à le vêtir correctement de noir. Palmyre elle-même lui mit une cravate bleue, de ce bleu d'outremer qu'il affectionnait. Elle s'était fait une figure de circonstance; la fatigue de sa veillée pouvait passer pour de l'abattement.

Dans l'hôtel, les garçons se multipliaient à son service; on ne sut jamais comment l'un d'eux parvint à se faire donner la chaîne de montre de Gabriel; un autre reçut un costume complet : un autre, un pardessus; le reste de la garde-robe fut remis au pasteur, pour les pauvres.

Le soir, Palmyre tremblait au souvenir de sa nuit; néanmoins, persuadée qu'Auguste viendrait, elle refusa les offres complaisantes de madame Pellerin, en disant qu'elle sonnerait si elle avait besoin de quelque chose.

Auguste vint de bonne heure. Ils causèrent.

Pour la première fois, elle lui proprosa de l'emmener.

Jamais il n'avait entrevu la possibilité d'une

fuite. Mais, à peine l'idée lui en fut-elle donnée,
qu'il vit devant ses yeux Palmyre à lui, toujours,
et derrière elle le mirage de Paris, du Paris des
plaisirs inconnus et de la joyeuse vie. La perspective d'une volupté que rien ne troublerait,
d'une volupté infinie aux pieds de cette femme
toujours brûlée d'amour et dévorante de caresses,
sans les courses à la nuitée dans les chemins
bourbeux, sans les ennuis du mystère, sans les
craintes de la surprise, sans les adieux hâtifs, lui
fit oublier en un instant tous les liens qui l'attachaient à la terre natale. Il ne pensa ni au scandale de son départ, ni à son père, qui certainement payerait pour lui une lourde rançon à l'opinion publique ; ni aux joies paisibles et sûres du
foyer, ni même à sa mère. Son visage reflétait ses
impressions ; mais, comme il allait accepter avec
un irrésistible élan vers l'inconnu, une objec-
tion se présenta à son esprit, — et l'arrêta d'un
coup.

— Je n'ai pas d'argent ! fit-il.

— Qu'importe ? J'en ai, moi. Je suis riche depuis
hier... Va, nous serons heureux... A Paris, nous
pourrons tout, toutes les portes s'ouvriront devant nous et rien ne t'empêchera d'aller loin...

Elle se fit doucement ironique.

— Tu ne seras jamais pasteur, par exemple...
non, pour ça, il faut y renoncer... Mais il y a d'autres métiers, n'est-ce pas? Tiens! tu te feras
homme de lettres : on verra ton nom dans les
journaux, tu écriras des histoires bien tendres,
avec des héroïnes blondes et des amours pures!...
J'adore les journalistes, moi, sais-tu?...

Il l'écoutait, rêvant...

Après tout, quand on s'aime, ne met-on pas
tout en commun?... S'il avait été riche, il aurait
partagé sa fortune avec elle; ne pouvait-il pas accepter d'elle, — pour quelques jours, pour quelques heures, — le même sacrifice?... Et, sa naïveté
même servant sa passion, il trouvait tout naturel
d'accepter son pain d'une femme aimée; il ignorait que, dans les grandes villes, cette si simple
et délicieuse communauté de biens est un métier
et déshonore un homme. Mais, surtout, il avait
peur de la séparation. Il se demanda comment il
pourrait jamais vivre loin d'elle; où voleraient ses
pensées pendant le jour, à l'heure où les autres
travaillent et où, lui, gémirait dans sa solitude;
à quoi il occuperait les longues nuits de l'hiver
qui venait. Il eut une sensation rapide de ses angoisses futures; il se vit rôdant dans les chemins
tant de fois parcourus pour arriver chez elle, ou

retournant son corps fiévreux entre ses draps,
seul comme jadis, — n'ayant de plus que les brû-
lures d'un désir à jamais inassouvi. Il ploya sous
le faix de son existence banale, occupée entière et
toujours à quelque monotone exégèse ou traînée
sur les bancs d'un temple...

Oui, s'il laissait échapper cette occasion unique,
sa destinée serait de blanchir dans sa redingote
noire râpée à frôler les lits des malades, couverte
de la poussière ramassée aux chevets des pauvres.
Ses heures libres s'écouleraient dans l'éternelle
paraphrase d'un psaume ou d'un chapitre des
Evangiles, dans les rêveries sans fin suggérées
par les lamentables prophéties de l'Ancien Testament, par les terrifiantes hallucinations de l'Apo-
calypse. Et chaque dimanche, ayant revêtu la robe
noire et le blanc rabat, il monterait en chaire, il
répéterait les mêmes prières du même ton com-
ponctueux, en regardant alignés devant lui les
mêmes visages abêtis dans leur dévotion. Et les
années, de plus en plus monotones, se succéde-
raient sans jamais lui apporter une de ces heures
où l'on se sent vivre...

Alors, il accepta.

Ils firent des plans le reste de la nuit, puis se
quittèrent à l'heure habituelle.

L'enterrement eut lieu vers les trois heures, et fut très simple.

Dans la chambre mortuaire, une dizaine de notables se réunirent.

Gabriel avait été catholique : mais il n'y eut personne pour penser à cela : on laissa faire le pasteur, qui célébra la cérémonie selon le rite calviniste. M. Réval lut, puis commenta un chapitre de la Bible, et fit une prière émouvante.

Palmyre, très belle dans une robe de deuil pour laquelle la couturière s'était surpassée, l'écoutait de la chambre à côté : madame Réval et madame Pellerin lui tenaient compagnie, lui prodiguant les consolations de la religion. Les invités avaient tous réussi à prendre des visages contrits ; le médecin surtout était très convenable. Auguste se sentait mal à l'aise.

Après le discours, selon l'usage, on servit une collation.

Le notaire mit trois petits fours dans sa poche, pour ses enfants ; le médecin se contenta de tremper ses lèvres dans un verre de vin de Bordeaux, pour le goûter, parce que M. Pellerin, qui le vendait, lui en faisait l'éloge à voix basse ; le pharmacien poussait de continuels soupirs en roulant des yeux désolés et ne voulut rien accepter.

Ensuite, on se mit en route pour le cimetière ; dans les rues, les boutiques fermaient en hâte leur devanture en voyant approcher un convoi ; les passants se découvraient. La bière était en chêne et pourtant légère ; en tombant, elle rendit un son mat. Le pasteur dit encore des paroles « bien senties », rappelant les qualités du défunt et sa résignation à la volonté de l'Eternel. On jeta trois pelletées de terre dans la fosse et l'on s'en retourna, pendant que les fossoyeurs achevaient leur besogne.

En rentrant, Palmyre eut avec madame Pellerin une longue conversation au sujet de l'entretien de la tombe. Elle convint de laisser une somme à un jardinier, qui s'engagerait à y cultiver des géraniums et des chrysantèmes, et à en arracher les mauvaises herbes pendant une année : on verrait, après. Il planterait aussi un saule pleureur. La pierre funéraire serait une colonne en marbre blanc ; on y graverait, en lettres d'or, la simple inscription suivante, trouvée par madame Pellerin :

A

GABRIEL MÉTIVIER

DÉCÉDÉ

DANS SA VINGT-HUITIÈME ANNÉE

Celle qui l'a aimé plus que la vie

Je hais ceux qui s'adonnent aux vanités trompeuses; je m'assure en l'Eternel!

(Ps. XXXI, 7.)

Malgré son désir de retourner à Paris le soir même, Palmyre fut forcée de rester jusqu'au lendemain à Montreux. Elle partit par le train du matin. — A Vallorbes, elle attendrait Auguste qui devait la rejoindre pendant la journée.

Se trouvant seule dans son compartiment, elle s'endormit, dédaigneuse d'admirer une dernière fois les rives du lac.

A Lausanne, elle changea de train et se trouva en compagnie de deux dames guindées, qui, sans parler, croquaient des chocolats.

Sur le parcours, en traversant la contrée triste du Jura, elle ne put échapper à certains souvenirs. — Trois mois à peine auparavant, elle traversait cette même contrée avec Gabriel. Le malade, le visage collé contre la vitre, avait regardé tout le long de la route la succession des masures et des ruines perchées ici et là sur une colline boisée, des touffes noires de sapins, des clairières où des vaches pâturaient en agitant leurs cloches et des villages clairsemés. A Granson, il avait eu une crise de toux violente, et, quand on s'arrêta à cet endroit, elle crut entendre encore ses râles...

Le chemin de fer, desservant de nombreuses petites stations, accomplit lentement son trajet pénible, laissant à la voyageuse le temps de s'attrister. Néanmoins, les fâcheuses impressions de la route ne durèrent pas; à peine descendue à Vallorbes, elle retrouva son calme. Et elle se fit conduire à un hôtel où elle pût déjeuner.

A table, elle eut pour voisin un officier allemand en voyage de plaisir, très bel homme à barbe blonde bien peignée, qui parlait le français et qui engagea la conversation avec elle.

Quand il sut qu'elle devait attendre jusqu'au soir le train de Paris, il voulut lui tenir compagnie. Elle accepta, se retrouvant entière, curieuse d'essayer ce que pourrait son nouvel aplomb de femme indépendante ajouté à ses grâces de courtisane. Elle calcula ses gestes, ses poses, elle pesa ses moindres mots, jouant avec ce compagnon envoyé par le hasard, s'appliquant à le rendre fou en laissant percer, sous une retenue d'honnête femme, de vagues promesses, en corrigeant la réserve de son maintien par des regards coulés remplis de sentiment.

Après le café, pris en plein air, l'officier, loin de l'avoir déchiffrée, éprouvait une curiosité plus pimentée; au bout d'une heure de promenade, il lui fit entendre qu'il profiterait de son congé pour aller passer quelque temps à Paris, et il lui demanda la permission de lui rendre visite. Elle ne lui répondit rien de positif, mais, comme par mégarde, elle laissa échapper son adresse.

Un peu plus tard, comme ils étaient assis sur un tronc d'arbre, à l'ombre, il devint sentimental ; elle sourit d'un air de doute à ses protestations, sans toutefois le désespérer.

Vers les quatre heures, il lui confiait qu'il avait vingt mille livres de rente et lui offrait de partir avec elle, de l'accompagner à Paris ou ailleurs, au bout du monde.

Elle, toujours aimable, lui répondit vaguement que c'était difficile.

Pendant ce temps, Auguste partait, ayant dit qu'un de ses amis, très malade, le demandait à Lausanne.

Il ne dormit pas dans son compartiment, lui qui pourtant avait passé une rude nuit d'insomnie.

Au moment du départ, les monotonies de son existence, les petits tracas de sa vie de famille, lui apparaissaient soudain remplis de charmes. Il découvrait dans son cœur des tendresses qu'il n'y eût point soupçonnées ; au fond, il était très attaché à ses habitudes, il aimait son pays. Un regret le prenait à la pensée des liens qu'il

rompait, des affections qu'il brisait, — et pour jamais ! — car jamais ses parents ne lui pardonne-
raient son inconduite, son déshonneur. Les cheveux de son père en blanchiraient, ses jeunes
frères essuieraient les méchantes allusions de
leurs camarades, sa mère en mourrait peut-être!...
Oui, il reconnaissait sa faute, il en prévoyait les
conséquences; mais une force invincible l'attirait
à Palmyre, il n'avait pas l'énergie de lutter, il s'a-
bandonnait.

... Justement, ce jour-là, sous les coups d'un
soleil voilé, le lac était pâle et calme ; il suffisait
de le contempler pour sentir naître une tristesse.
Près de Saint-Saphorin, deux cygnes, partis pour
quelque promenade amoureuse, voguaient très
vite en laissant un long sillon sur l'onde...

Quand le train quitta Lausanne, après vingt
minutes d'arrêt, Auguste suivit du regard aussi
longtemps que possible la vieille cathédrale, grise
sur sa colline, avec son clocher ciselé d'ogives et
sa flèche toute neuve. Et il se rappela que jadis,
lorsqu'il avait seize ans, il avait entendu ses camarades raconter des histoires de rendez-vous
pris dans le clocher même. Ces choses l'avaient
scandalisé; et pourtant ces platoniques amours
de collégiens et de petites filles étaient bien inno-

centes en comparaison de sa passion, à lui ; les baisers timides échangés à l'ombre des fines colonnes, sous les arceaux gothiques, ne troublaient sans doute pas les sens comme les baisers de Palmyre.

Or, dans leur temps, ces histoires avaient bouleversé le pays ; du haut de la chaire, un pasteur avait gémi sur « ce vent de débauche qui soufflait sur la ville et, pareil aux émanations empestées des marais, emplissait la jeunesse de ses impuretés » ; les autorités scolaires s'étaient mises en campagne, frappant les coupables de blâme ou même d'expulsion ; et, finalement, la nef où quelque ingénue avait appuyé sa tête blonde sur une épaule déjà forte, le chœur où des mains s'étaient enlacées, les voûtes dont les échos avaient répété des bruits de baisers, les galeries à large horizon du haut desquelles des yeux pleins 'd'ardeur s'étaient confondus dans une commune admiration, tout était rentré dans le grand silence des choses mortes...

Aujourd'hui, les égarés aussi étaient revenus au devoir : les unes se préparaient à devenir des mères de famille ; les autres, ayant abjuré leurs erreurs, renoncé à leur jeunesse, entraient graves dans la vie.

Et lui, lui qui leur avait jeté la pierre, alors sans péché, lui qui n'avait jamais eu de ces heures douces, lui qui s'était appliqué à comprimer les battements de son cœur quand son cœur commençait à battre, il allait être à son tour un objet de scandale! Ses luttes pénibles contre les appels de son sang, ses années de sagesse, sa force contre la tentation, tout s'effacerait en un instant!... Et sa fuite causerait une stupeur dans la ville. Il deviendrait légendaire. A la moindre infraction commise par un adolescent, on épouvanterait le coupable en disant :

« Prends garde!... c'est ainsi qu'Auguste Réval a commencé! »

En ce moment, les dernières des maisons de Lausanne, étagées sous les arbres de Mombenon, disparaissaient. Quand il les eut perdues de vue, quand le train fila loin du lac, Auguste se sentit comme soulagé d'un grand poids. Maintenant, rien ne pouvait plus le retenir ni l'arrêter; il avait rompu sa chaîne. Sans plus d'entraves, il volait vers l'inconnu ; s'il fuyait ses affections, l'amour de Palmyre fécond en jouissances nouvelles, rempli de surprises, absorbant avec ses alternatives d'inquiétude fiévreuse et d'heures d'extase, suffirait à remplir son existence...

On s'arrêta à la Sarraz ; il se souvint de ses
visites non loin de là, dans le vieux château
d'Eclépens, transformé en pensionnat, où sa sœur
avait été élevée. A cette époque, il allait de temps
en temps la voir, et il dînait, prodigieusement
intimidé par la présence de vingt fillettes, dont
les « grandes » riaient tout bas entre elles de sa
gaucherie. Là, il s'était épris d'une Américaine, à
tête mutine et bouclée, et jamais il n'avait osé lui
parler : trop heureux lorsqu'il avait l'occasion de
lui tirer sa casquette de collégien et qu'elle lui
répondait par un petit signe un peu moqueur.
Puis, un jour, elle était retournée dans sa patrie,
là-bas, au delà des mers, si loin qu'il n'y avait
pour lui nulle espérance de la revoir un jour... Il
avait bien pleuré, — puis l'avait oubliée... Ah !
que ces choses étaient loin ! et dans tous ces souvenirs il retrouvait toujours ce joug sous lequel
sa jeunesse s'était courbée, qui avait refoulé ses
idées ou ses sentiments.

La locomotive siffla...

Auguste entrait dans le nouveau...

Alors, un grand sentiment de fierté l'enleva...

Et à mesure que le train marchait, il se sentait
plus heureux, il lui tardait davantage de revoir
Palmyre...

Il aurait voulu s'envoler, arriver plus vite auprès d'elle, la prendre dans ses bras, lui dire :

— Pardon de t'avoir aimée comme un enfant! Je suis un homme, à présent, je vais t'aimer comme un homme! »

Qu'importaient ces souvenirs épars sur le chemin parcouru? Ils étaient loin, maintenant, noyés dans les brumes de l'horizon, dissipés comme la fumée que le train laissait derrière lui et qui se disloquait au vent... Et déjà il touchait à son but. On approchait de Vallorbes. Il se mit à la portière, fouillant du regard la foule rangée devant les salles d'attente, tout inquiet de sa grande joie...

... Palmyre n'était pas à la gare?...

Il chercha des yeux dans tous les groupes, jugeant cette absence invraisemblable, impossible. Mais non, réellement, elle n'était pas là!...

Elle n'était pas là, et l'on avait à peine quelques minutes d'arrêt!...

Alors il resta debout, immobile sur le trottoir, sa valise à la main... Sans doute, il lui était arrivé quelque chose : un accident, peut-être... Oui, elle souffrait dans un hôtel, tout près, et il ne savait pas où!... Ou bien, pendant ses quelques heures de solitude, elle avait réfléchi, changé ses plans : elle s'était décidée à l'abandonner!...

Et, dans son anxiété, il se vit retournant à Montreux, rentrant en désespéré dans cette existence avec laquelle il venait de rompre, forcé de renoncer à ses rêves, privé de cet amour qui faisait maintenant toute sa vie ; car, sans elle, il ne pouvait continuer sa route : que ferait-il à Paris, abandonné à lui-même, inconnu et ne sachant rien, pas même la retrouver ?...

... Cependant, sur la route, un char de paysans arrivait au lourd galop de ses chevaux poussifs ; quelques piétons en retard accouraient : Palmyre était du nombre. Un homme l'accompagnait. L'enfant pâlit ; — qui était-ce ? Il l'obsédait, pour la suivre, sans doute. Elle semblait discuter avec lui... Enfin, elle fit un dernier signe, impérieux, celui-là, et négatif. On eut juste le temps de se jeter dans un compartiment, au hasard ; un employé ferma la portière ; on sonna pour le départ.

Tous deux se sentaient gênés : d'autant plus qu'ils avaient pour compagnon de route un gros monsieur à lunettes, dont l'œil les suivait sans cesse. Pourtant, au bout d'un moment, Palmyre demanda à Auguste, en se penchant vers lui :

— Qu'est-ce que tu as ? tu es tout chose...

Il hésita un peu ; enfin :

— Qui donc t'accompagnait ?

— Bon ! ne vas-tu pas être jaloux, maintenant ? Mais, mon cher, tu l'as vu comme moi : c'était un monsieur !

— Tu le connaissais donc, ce monsieur ?

— Moi ? Pas du tout, mon chat ! Je l'ai rencontré à l'hôtel, il m'a offert de m'accompagner, j'ai accepté ! C'est un officier prussien, à ce qu'il paraît. Très distingué !

— C'est égal, tu aurais pu manquer le train !... Tu m'avais presque oublié !...

— Quelle idée !... tu as de ces idées !... Tiens, si nous étions seuls, je t'embrasserais !

Le roulement du train les empêchait de s'entendre. Elle se tut.

Il réfléchit, envahi par une tristesse affreuse, mais sans rien comprendre, entrevoyant à peine qu'elle l'avait oublié pour le premier venu, pour quelques compliments débités dans un charabia grotesque. Et on était à peine en route ; et il y avait une heure à peine qu'à un signe d'elle, ivre de confiance, fou d'amour, sans une seconde d'hésitation, il lui avait donné son honneur, voué sa vie, en broyant le cœur de tous ceux qui l'aimaient. A cette heure, il ne lui restait plus qu'elle : son passé si doux, n'existait plus, il ne distinguait plus rien dans les brumes de son avenir, de cet avenir tout simple que les rêves de ses bons jours avaient embelli : poursuivre son humble carrière, épouser une vierge blonde, veiller avec elle au chevet des malades, porter avec elle du pain aux pauvres, et, le dimanche, du haut de la chaire, voir son visage aimé au milieu des visages recueillis des fidèles?... Qu'allait-elle lui donner en retour?...

Palmyre avait la tête à la portière. Il regarda aussi, leurs deux fronts se rencontrèrent. L'innocent se pencha vers elle, et l'embrassa, sans plus penser à rien. Le soir était là. On approchait de la frontière.

Bientôt il fallut descendre, assister à la visite des bagages. Puis le voyage recommença.

On était sur le sol français, maintenant. Les derniers arbres du territoire suisse avaient disparu ; le train déchirait la nuit, crachant dans l'obscurité les flocons de sa fumée blanche et des gerbes d'étincelles. Comme l'air fraîchissait, Palmyre pria Auguste de fermer la portière. Elle paraissait à son tour vaguement inquiète ; elle lui dit, — peut-être pour se rassurer elle-même :

— Tu verras comme nous serons heureux, à Paris !

12.

Il répondit :

— Je l'espère !...

Elle rêva un moment sur cette parole, puis l'interrogea.

— Regretterais-tu déjà ton pays, ta famille?

— Non... Non, pas du tout... Pourquoi les regretterais-je?

— Tu les aimais, sans doute... Ta sœur avait l'air d'une bonne fille, quoiqu'un peu raide. Ton père aussi est un excellent homme, très gai.

Comme il ne répondait pas, elle ajouta :

— Oui, je te comprends; ce sont des liens, tout ça... Va, il ne te faut plus penser qu'à moi et à l'avenir.

Il murmura :

— Oui, l'avenir !... Seulement, j'en ai un peu peur !...

Et il ajouta bien timidement, tout bas :

— A Paris, si tu ne m'aimais plus !

— Allons donc !... es-tu fou ?... Je suis bien sûre de t'aimer partout, puisque je t'emmène !...

Ces choses tendres, ils étaient obligés de se les crier dans les oreilles, à cause du fracas des roues sur des rails abominables. Ils se turent de nouveau.

« Puisque je t'emmène !... »

Cette phrase résonnait étrangement à l'oreille
d'Auguste. Etait-il donc sa chose, qu'elle parlait
ainsi de lui, comme d'un bagage ?... Et sa pensée,
dans je ne sais quelle crainte vague de l'avenir, le
reporta là-bas, à Montreux, dans sa famille dont
chaque minute l'éloignait...

... Il se rappela son enfance ; diverses images
de son passé se présentèrent à lui...

... C'était la Noël. Dans le vieux temple de
sévère architecture, on célébrait la cérémonie de
l'Arbre ; des bougies de toutes couleurs étoilaient
les rameaux du grand sapin, au haut duquel un
ange de cire étendait ses ailes. Lui, au milieu des
enfants assis sur des bancs de bois, était tout fier
de voir son père debout dans la chaire, — une
chaire très simple, ornementée de moulures en
plâtre et recouverte d'un dais de drap vert.

D'abord, l'organiste jouait, comme prélude, le
noël d'Adam :

Minuit, chrétiens, c'est l'heure solennelle...

Les accords éclataient, sonores, faisant passer
comme un souffle de foi sur les assistants, exal-
tant les cœurs... Puis, M. Réval prenait la parole ;
en phrases lentes, entrecoupées de silences recueillis, il racontait la naissance, dans une étable,

du Sauveur du monde, et l'adoration des Mages, et le fils de Dieu étonnant par sa sagesse les docteurs de la loi... Puis, tous les enfants chantaient en chœur... Comme on lui trouvait de la voix, il s'efforçait de pousser ses notes cristallines plus haut que ses camarades.

> Voici Noël! ô douce nuit!...
> L'étoile est là qui nous conduit.
> Allons donc tous avec les Mages
> Porter à Jésus nos hommages :
>   Car l'enfant nous est né,
>   Le Christ nous est donné...

Enfin, on distribuait des pommes cuites, des oranges et des petits livres dans lesquels sont racontées les conversions miraculeuses d'enfants extraordinaires, tels que *Tom, le jeune épicier...*

... La cérémonie achevée, on rentrait chez soi, où une table bien servie attendait ; et l'on mangeait l'oie ou la dinde farcie, tandis que la grosse bûche de Noël, éclairant toute la pièce, crépitait dans la cheminée ; et les sentiments religieux, éveillés par la fête, emplissaient les cœurs d'une douce émotion, d'une sérénité délicieuse...

... Or, à cette heure, ses parents recevaient la

lettre qu'il avait mise à la poste à Lausanne, et son imagination fit passer devant lui toutes les scènes de ce drame de famille. Son père retournait deux fois l'enveloppe entre ses doigts, étonné de voir l'écriture de son fils, qu'il venait de quitter. Puis il brisait le cachet. Il lisait. Il ne comprenait pas tout de suite : il relisait...

Longtemps il arpentait sa chambre. Il descendait auprès de sa femme; il n'avait pas le courage de lui expliquer la chose : — il lui tendait la lettre!...

Que disaient-ils? L'accablaient-ils de leurs malédictions? Ou bien, tout en larmes, le plaignaient-ils en devinant les luttes dans lesquelles il serait vaincu, les désillusions qu'il commençait déjà à prévoir?... Quel serait leur sommeil de cette nuit, sans compter les nuits futures, à ses pauvres parents?... Ses frères et sœurs ne savaient encore rien; comment s'y prendrait-on pour leur dire sa honte, — leur honte?... et ils dormaient dans cette chambre où lui-même avait dormi ses nuits enfantines, ses nuits pures!...

— Dijon, vingt minutes d'arrêt!

Auguste regarde sa maîtresse : elle était très sombre, son visage reflétait mille anxiétés. Il lui proposa de passer au buffet. Elle refusa. Lui qui,

de toute la journée, n'avait rien pris, descendit
du wagon.

Sur le trottoir, des gens pressés à tort se bous-
culaient; d'autres se dégourdissaient les jambes,
s'étiraient les bras; il y avait des bâillements et
des réveils. Au buffet, des bouillons étaient servis
et des bouteilles s'alignaient. Auguste en prit
une au hasard : c'était du vin de Bourgogne,
excellent. Il mangea une aile de poulet. Puis il se
crut en retard, se mit à courir, dépassa son
wagon, le retrouva à grand'peine. Il prit la main
de Palmyre : elle le repoussa. Il comprit : Sans
doute, elle craignait d'être vue, elle le rappelait
aux bonnes manières : on ne doit jamais avoir
l'air de s'aimer devant le monde.

Non, il n'avait pas compris : il se trompait. Depuis une heure, elle pensait à Profès. Et plus on
approchait de Paris, plus le souvenir de cet
homme l'obsédait.

Sa correspondance avec lui était devenue de
plus en plus froide ; depuis quinze jours, il n'y
avait eu aucune lettre échangée entre eux. L'a-
vait-il réellement oubliée avec Blonda ou avec une
autre? Délivré du besoin d'argent par quelque
héritage, avait-il renoncé à leur projet commun?...
ou bien l'attendait-il à Paris, sûr de sa force, avec

la confiance de l'araignée dont la toile est habilement tissée?... Aurait-il dit vrai, en parlant de
ses affaires de famille et d'un voyage dans le
Midi?... Cela n'était pas impossible : et elle finit
par se persuader qu'il était bien loin...

Oui, mais il reviendrait, et il retrouverait le
chemin de sa maison. Jamais elle n'oserait lui
défendre sa porte. Du reste, à quoi bon? Il entre-
rait quand même, ou bien il se posterait sur son
passage, il la rencontrerait au théâtre, aux
courses, au Bois, partout. Et d'un seul regard il
reprendrait sa puissance!... Ah! cet homme était
son mauvais génie! Elle croyait l'avoir effacé à
tout jamais de ses souvenirs. Point du tout. Il
suffisait d'une fatalité qui le ramenait à sa pensée
pour qu'elle se sentît à la fois la crainte et le désir
de le revoir. Oui, s'il se présentait, elle se trouverait sans force devant lui, honteuse de lui
avouer ses fredaines, humble à ses pieds comme
une chienne bien soumise. Lui, la reprendrait, la
traiterait en servante!... Nouvelle crainte : jamais
il n'admettrait Auguste; ce naïf au teint de jeune
fille, au menton presque imberbe, lui porterait
ombrage. Il faudrait donc le voir en cachette, le
pauvre garçon, dans quelque chambre d'hôtel
mal famé, recommencer pour lui la vie de mys-

tère... Et le mystère serait bientôt percé, car on ne cachait rien à Profès...

Et, en regardant l'enfant, elle s'avisa de penser à lui, en s'oubliant un peu.

Auguste dormait. Le vin de Mâcon lui avait versé le bon sommeil qui fait oublier le remords et la crainte.

Alors, Palmyre sentit en elle un vague attendrissement, une compassion inconnue. Oui, c'était bien un enfant, qui était-là, — un petit volé sous sa mère, par elle, pour sa curiosité, pour son plaisir, pour rien... Ce sommeil secoué par les cahots du train était peut-être son dernier quart d'heure de bon repos. Il souriait doucement, il rêvait d'elle, — et son rêve qui nageait sans doute dans le bleu de l'amour, n'avait encore été ni tronqué, ni souillé par les amertumes, les blessures et les plaies de la réalité... Et, se penchant sur lui, elle l'embrassa sur le front...

Cette caresse ne l'éveilla pas.

Alors, tout d'un coup, comme à l'appel lointain du doigt du magnétiseur, du Maître, la pensée de Palmyre se retourna, frémissante, vers l'autre...

Elle regarda dehors, le voyant. Peu à peu, les étoiles s'éteignaient dans le petit jour. De vagues

clartés flottaient à l'horizon, des lignes de brouillards s'étendaient sur les prés : cette aurore grise
inspirait la tristesse. — Elle le voyait encore. —
Elle se rejeta dans un coin, fermant les yeux et
le voyant toujours, poursuivie, traquée par des
anxiétés de plus en plus intenses.

Un peu avant Charenton, Auguste s'éveilla :

— Où sommes-nous ? fit-il en se frottant les
yeux, et se hâtant de la regarder.

Des toits rouges apparaissaient, surmontant
les laides maisons éparses et sortant de bouquets
d'arbres avec des airs d'arches de Noé.

— Tout près de Paris, lui répondit Palmyre.

— Paris ! fit-il... Ah ! Paris !...

Et il sentit en lui une émotion vague ; son cœur
se gonflait d'une joie effrayée. — Il la regardait
toujours... Elle, lui souriait...

A l'octroi, on leur fit ouvrir leurs malles.

Palmyre, qui n'avait plus l'habitude de veiller
elle-même à ces détails, se plaignait. Auguste,
ignorant des voyages, était maladroit.

Puis un fiacre les emporta.

Auguste regardait sans curiosité, d'un côté et
de l'autre, les rues en éveil : des ouvriers se rendaient au travail, des boutiquiers ouvraient leurs
devantures, disposaient leurs étalages ; des ga-

mins se querellaient déjà, trois quarts d'heure
avant de partir pour l'école ; ici et là, derrière une
persienne à demi soulevée, une tête en bonnet se
montrait. Les grandes maisons grises avaient un
air pauvre. C'était donc ça, Paris?... — et il contemplait Palmyre !

On traversa la Seine : elle était terne avec des
reflets de plomb, et dégageait une vapeur. Les
lavoirs étaient déserts. Sur les ponts, très peu de
gens passaient. Les bateaux ne marchaient pas
encore. Quelques toits d'ardoises seulement jetaient de vagues reflets sous les premières lueurs
du jour tamisées par les nuages et pâles... C'était
donc ça, Paris?...

Il demanda :

— Ce sont des faubourgs, n'est-ce pas?

— Je ne crois pas, fit-elle... Je connais peu ce
quartier.

Puis, comme on passait devant le pont de
Sully :

— Tiens ! voilà la colonne de Juillet, là-bas...
C'est la Bastille!...

Et l'on enfila le boulevard Saint-Germain, plus
silencieux que les abords de la gare. En passant
devant le musée de Cluny, Palmyre dit :

— Nous sommes en plein quartier latin, mon

cher !... — Voilà le boulevard Saint-Michel, le *boul'Mich'!*... — En haut, il y a Bullier.

— Qu'est-ce que c'est, Bullier ?

— Provincial, va !... C'est un bal où l'on s'amusait bien, autrefois, quand on ne mangeait pas tous les jours.

... Palmyre avait donc été pauvre ?... Il n'osa l'interroger à ce sujet ; mais il s'informa encore de Saint-Sulpice et du palais Bourbon. Elle lui répondait volontiers, heureuse de lui montrer des choses nouvelles. Et il la contemplait toujours, l'admirant. Et elle lui souriait encore...

Quand les arbres du Cours-la-Reine, jonchant le sol des premières feuilles jaunes, commencèrent à défiler, Auguste s'écria :

— Enfin, voici Paris !

— Ce sont les Champs-Elysées... Fais attention à l'obélisque... Dire que ça vient d'Égypte, cette grande colonne-là !

Quand le palais du Trocadéro apparut, dans son grotesque aspect de tasse renversée entre deux chandelles, Palmyre dit :

— Nous approchons.

A la gare de Passy, une locomotive sifflait. Un instant après, devant la maison coquette, le fiacre

s'arrêta. Les domestiques avaient été à peine pré-
venus de son arrivée; l'attendait-on? Elle sonna;
Irma vint ouvrir.

Auguste, honteux en reconnaissant un visage
rencontré à Montreux, se faisait petit.

Palmyre, stupéfaite, balbutia :

— Vous?... Vous ici?...

La femme de chambre répondit d'un air pincé :

— Comment! Madame est étonnée!... Madame
m'a ordonné de m'en retourner à Paris : ce sont
les propres paroles de madame... J'ai obéi...
Faut-il prévenir monsieur ?

— Monsieur... qui ?

— M. Profès... Il m'a bien recommandé de
l'avertir lorsque madame arriverait... Si madame
veut monter !...

Palmyre entra : elle marchait machinalement,
stupide, frappée d'une épouvante bestiale en se
sachant si près de Profès. Elle ne prit pas le bras
d'Auguste, qui la suivait en la regardant d'un air
interrogateur. Qu'aurait-elle pu lui dire? Elle-
même ne comprenait pas bien.

Irma l'introduisit au salon. On l'obligeait donc
à faire antichambre dans sa propre maison? Et
dans cette maison bien à elle, Profès s'était établi.
Il y régnait en maître. Il ne se gênait probable-

ment pas pour y recevoir des femmes. Mais pourquoi avait-il repris Irma à son service ? Elle avait
dû lui apporter de vagues soupçons de Montreux.
Comment allait-il recevoir Auguste ?... Après tout,
elle était libre, elle montrerait de l'énergie, elle
lui dirait, à cet homme, que tout était fini entre
eux... Oui, si elle osait.

Profès entra.

— Je t'attendais, fit-il.

Il lui prit la main, qu'il garda un moment en la
serrant. Elle frémit au contact...

— Tu ne me présentes pas monsieur ?

— Monsieur... est... un compagnon de voyage...
qui a pris soin de moi... Très obligeant !...

Elle balbutiait. Auguste commençait à entre-
voir, vaguement, de loin, sans rien comprendre,
mais ne savait que faire. Profès, très poli, reprit :

— Monsieur nous excusera si nous le laissons
seul un moment... Mais il comprendra que madame et moi, nous avons beaucoup de choses à
nous dire.

Il y avait de l'ironie dans son accent. Auguste
s'avança, comme pour protester. Palmyre lui
serra le bras et sortit derrière Profès, la tête
basse, domptée, reconquise.

Auguste resta debout au milieu du salon.

Puis il s'assit.

Que se passait-il donc? Qui pouvait être cet inconnu à beau visage, à parole de maître? Un amant? Un mari, peut-être? Un mari trompé depuis longtemps, qui tout d'un coup se décidait à reprendre ses droits?... Etait-on chez lui? était-il chez elle?... Pourquoi lui avait-elle, à lui, défendu de parler?... Et il restait là, debout, immobile, dans une épouvante vague, le cœur serré...

Cependant, il entendait un bruit de voix étouffées dans la chambre voisine. On parlait vivement : sans doute, il s'agissait de lui. Un instant, sa voix, à elle, s'anima, disant avec énergie :
« — Non, non, jamais! »

A la bonne heure! Elle avait du courage! elle se refusait en expliquant comment elle en aimait un autre, comment elle avait arraché cet autre à sa famille, comment elle ne pouvait l'abandonner.

Puis Profès parla longtemps, donnant à sa voix des inflexions sonores et douces.

Elle lui répliqua, mais plus mollement.

Ah! grand Dieu! elle faiblissait!... Qu'allait-il devenir?

Les deux voix parlèrent presque ensemble.

On se leva. Il allait connaître son sort.

Non, les pas s'éloignaient.

Un grand silence régna quelques minutes. Enfin, Palmyre apparut, livide, avec une démarche
d'automate ou de somnambule... Auguste s'avançait vers elle, les bras ouverts. Elle le repoussa
d'un geste.

— Non... Il faut t'en aller... Profès ne veut pas
que je te garde... Ce n'est pas ma faute, tu comprends?... Je ne sais pas qu'y faire!

Comme Auguste ne comprenait pas, elle essaya
de lui expliquer.

— Oui, je t'aimais bien... mais ça ne pouvait
pas durer... Seulement, ça finit bien vite!...

Elle tenait un petit paquet ficelé. Elle le lui mit
dans la main.

— Tiens! prends ça, fit-elle... Il faut que tu t'en
ailles!...

Enfin, il put parler :

— Mais où faut-il que j'aille?...

— Je ne sais pas, moi... Où tu voudras... Retourne en Suisse, dans ta famille... ou bien reste
à Paris, si tu aimes mieux.

Il restait là, pétrifié, les yeux secs, la poitrine
gonflée à éclater, se demandant s'il ne rêvait pas.

— Alors... tu ne m'aimes plus?... balbutia-t-il.

Elle l'embrassa, mais froidement, pas comme
elle l'embrassait à Montreux.

— Mais si, je t'aime encore !...

Et elle se fit maternelle.

— Comment peux-tu en douter ?... De loin comme de près, tu seras toujours mon bébé chéri ; je penserai souvent à toi... Va, je voudrais bien te garder... Seulement, je ne peux pas. — Je ne suis pas libre !...

Il put murmurer timidement.

— Tu ne me l'avais pas dit...

Elle s'excusa.

— C'est que, vois-tu je ne savais pas... Je croyais que tout était fini avec lui !... Et pas du tout... Je m'étais trompée... D'ailleurs, à quoi bon t'expliquer tout cela ? Tu ne comprendrais pas !...

Un long moment, tous deux firent silence. Ils restaient debout, elle, inquiète, regardant de temps en temps la porte, derrière elle ; lui, les yeux perdus, sans pensée. Pourtant, il fallait en finir. Elle s'approcha de lui et lui prit la main.

— Adieu ! dit-elle.

— Oh ! fit-il.

Doucement, elle le poussait dehors. Il se laissa faire. Elle l'accompagna jusqu'à la porte, en lui répétant :

— Adieu ! Adieu !...

Alors, il lui dit aussi :

— Adieu !

N'ayant point de rancune, tuë...

Elle rentra.

Il resta un moment devant la maison.

D'une fenêtre, Profès le regardait, dédaigneux, avec un demi-sourire.

Comme personne ne passait à qui il pût demander son chemin ; comme, du reste, il ne savait pas quel chemin il avait à demander, étant sans but, Auguste se mit à revenir sur la route parcourue par le fiacre une heure à peine auparavant.

Quelque chose dans sa main le gênait : le petit paquet donné par Palmyre. Il s'arrêta et l'ouvrit ; c'était une bague, une bague de prix... Il pensa qu'il ne pouvait accepter un tel cadeau, puisqu'elle le renvoyait ainsi... Mais, comme il se retournait pour revenir sur ses pas, il se dit que cette bague était pourtant le seul souvenir qui lui restait d'elle, et son cœur faillit. Puis, il se trompait peut-être sur la valeur de ce bijou, qui n'était rien pour elle, et qui, à lui, raconterait sans cesse ses plus belles heures, ses meilleurs jours.

Il reprit son chemin...

13.

Il marchait très lentement : un grand vide s'était
fait en lui, comme un trou dans lequel avaient
sombré tous ses sentiments, toutes ses idées. A
cette heure, il ne pensait pas à sa patrie, à ses
amis, à sa famille, à ses affections dont il aurait eu
si grand besoin. L'avenir ne l'inquiétait point. Il ne
se demandait pas. « Que deviendrai-je ? où irai-je ?
que ferai-je ?... » Non. Il était absorbé tout entier
par la pensée de la brutale séparation qui venait
de se consommer. Sa chair, privée de cette autre
chair à laquelle elle tenait par tant de liens, pan-
telait, meurtrie comme après une cruelle opéra-
tion. Il se sentait des sanglots dans la poitrine,
des cris dans la gorge ; et il ne pouvait pleurer, et
il étouffait ses cris par un instinct. Il s'arrêta
pour regarder, d'un air hébété, le chemin de fer
qui passait. Puis, tout à coup, comme piqué par
un aiguillon, il se mit à marcher très vite, en faisant des zigzags ainsi qu'un homme ivre, trébu-
chant sur la chaussée.

Cependant, peu à peu, un calme relatif se fit
en lui. Il n'eut plus envie de crier, sa poitrine se
dégonfla. Puis, une fois la gare dépassée, ce ne
fut plus cette solitude triste du boulevard Beau-
Séjour : il y avait du monde ; des fiacres circulaient, un omnibus, un tramway. A regarder ce

mouvement, il trouva une sorte de distraction
stupide. Un instant, il eut même l'idée de demander le quartier latin. Puis il y renonça. Il
avait toute la journée devant lui, d'autres journées
encore... Il erra au hasard.

Des hauteurs du Trocadéro, il vit pour la première fois Paris, incertain dans un léger brouillard d'automne ; le dôme des Invalides, au-dessus
des vapeurs, étincelait sous un rayon ; dans les
lointains doucement violets, se dessinaient en
vigueur le Panthéon gigantesque et les tours
de Notre-Dame. Ici et là, la Seine apparaissait
par taches plombées ; entre les grisailles des maisons sans nombre, se creusaient les sillons des
rues ; ou bien l'on apercevait les cimes des arbres
d'un square ou d'un boulevard. Une ou deux colonnes trouaient le ciel. Et de la ville, un murmure montait.

Il ne pouvait, il ne voulait plus penser. Mais se
sentant irrésistiblement attiré par toutes ces
choses dont il dominait l'immense ensemble, il
se mit à descendre, presque en courant, comme
en un gouffre, sur Paris...

IX

Au bout de peu de temps, Auguste ne fut plus
pour Palmyre qu'un souvenir lointain.

Profès l'avait également oublié comme elle, et
ne faisait jamais une allusion au séjour à Montreux. Il avait repris tout son pouvoir avec moins
de gêne qu'autrefois. Charmant dans ses bons
jours, il devenait tout à coup maussade ; ou bien
il disparaissait. Jamais il ne parlait d'argent, ni
de l'héritage « commun ». Il se contentait de
jouer à l'écarté avec sa maîtresse, et de lui gagner
de quoi vivre. Elle le laissait faire ; même elle
admirait sa réserve. Au fond, il était en droit
d'exiger un partage : elle ne pouvait rien lui refuser, il savait trop de choses. Il en sut bientôt

davantage encore. Elle lui faisait de si étranges
questions sur l'agonie, sur l'agonie des poitrinaires surtout, qu'il finit par tout deviner. Alors,
se jugeant maître de la situation, il augmenta ses
gains, et garda moins de ménagements.

Palmyre eut des révoltes. Elle caressait l'idée
du mariage, d'un beau mariage ; mais Profès
veillait sur elle et ne laissait guère pénétrer dans
la petite maison du boulevard Beau-Séjour que
des aventuriers : financiers brûlés dans quelque
véreuse affaire, gentilshommes ruinés ou d'au-
thenticité douteuse, artistes aux ambitions dé-
çues.

Des amis de Gabriel, un seul venait encore :
Van Sighem ; mais un Van Sighem métamor-
phosé, parfait dandy, connaissant les termes du
turf et les noms des danseuses, amaigri par la
grande vie, criblé de dettes et allumant son ci-
gare avec les lettres désespérées de sa famille.

Malgré tant d'avantages, il ne plaisait toujours
pas.

Une seule fois, un homme tout à fait distingué
s'égara dans cette bohème : le fils d'un célèbre
chirurgien anglais, qui promenait son spleen à
travers les plaisirs des capitales. Mais il ne vint
qu'une fois.

Cependant Profès parlait volontiers à sa maîtresse du monde qu'il fréquentait, du monde régulier. Certaines semaines, il sortait seul tous
les soirs ; il allait surtout souvent dîner chez un
illustre confrère, le docteur Baumann, le médecin
américain qui passait six mois à New-York et six
mois à Paris, également recherché par les clientes
des deux mondes.

Palmyre l'attendait ; parfois, accablée par le
poids de sa solitude, elle appelait Irma ; et toutes
deux faisaient la conversation.

Irma avait été jadis au service d'une honnête
femme. Elle racontait à sa maîtresse comment,
dans les vrais salons, on danse des quadrilles
guindés et des valses plus libres, pendant lesquelles les doigts gantés pressent la soie des cor-
sages avec d'imperceptibles caresses ; comment
on y écoute roucouler des romances par des de-
moiselles à marier ; comment, même dans les
thés de dames seules, un subtil parfum de mystère semble flotter...

Alors Palmyre sentait une grande envie de pénétrer dans ce monde-là, d'avoir à son tour des
intrigues discrètes, des passions délicates, d'être
respectée par les hommes, de tromper les femmes
sur ce qu'elle était et avait été.

Souvent, le soir, elle regardait de sa fenêtre les voitures de maîtres filer sur le boulevard. Et elle les suivait en pensée : elle passait devant des laquais courbés, respectueux, elle entrait dans les salons d'une marquise... Là, c'était un triomphe : des diplomates, des magistrats, des généraux se pressaient autour d'elle, mendiant ses sourires ; toutes les femmes la regardaient avec jalousie : elle se vengeait de leurs mépris passés en leur prenant leurs maris, leurs fils, leurs frères, en les battant sur leur propre terrain ; elle avait des amants décorés, et, toute-puissante comme jadis à Chartres, mais cette fois sur une vaste scène, elle régnait en souveraine, satisfaite dans ses plus ambitieuses vanités...

Puis elle retombait brusquement dans les misères de sa vie de fille entretenue : car, malgré sa fortune, on s'obstinait à la laisser au niveau des autres. Chez elle, tout allait de travers : parfois, ses valets avaient des sourires ; jusque dans leur stricte obéissance, se glissait comme un mépris, et elle ne pouvait être complètement maîtresse dans sa maison ; dans les cas difficiles, ses ordres n'étaient écoutés que transmis par Irma.

Elle essaya de se distraire en donnant d'amples satisfactions à son goût pour la toilette. Pendant

trois semaines elle alla presque chaque jour chez
Worth, elle passait des heures entière à chercher
avec lui des combinaisons nouvelles; en une
semaine, elle fit pour trente mille francs de com-
mandes. Et elle restait dans son salon, toute seule,
en robe de gala, avec des redoublements d'envie
de se faire admirer, attristée en contemplant ses
meubles recouverts de leurs éternelles housses.

A ce moment, elle reprit le projet de se marier.

Mais, parmi les hommes qu'elle voyait, il n'y
en avait pas un seul dont l'honorabilité pût suffisamment la couvrir et la faire accepter...

Néanmoins, elle finit par découvrir un colonel
brésilien qui portait un uniforme chamarré de
tous les ordres de l'Amérique du Sud. A la vérité,
il ne valait pas mieux que les autres; mais il avait
un nom espagnol interminable, une fière mine,
des façons de vrai gentilhomme; et puis, le Brésil,
c'est si loin!... On aurait pu faire de lui un personnage.

L'étranger remarqua bientôt qu'il n'était pas
indifférent à Palmyre. Il vint la voir plusieurs
fois, à des heures où il savait qu'elle était seule.
Une intrigue commençait à se nouer entre eux,
quand Profès fut averti. Il eut alors avec sa maîtresse un très court entretien.

— Tu voudrais te faire épouser par le colonel, n'est-ce pas ? lui demanda-t-il un jour.

Elle hésitait et balbutiait, cherchant à nier.

— N'essaye pas de mentir, je vois ton jeu, reprit-il... Alors, moi ?

— Cela n'empêcherait pas... fit-elle.

— Vraiment !... Te rappelles-tu ce que tu me disais un jour, peu de temps avant le départ du pauvre Gabriel ? Tu me disais : « J'ai eu assez d'hommes en ma vie, c'est toi qu'il me faut ! » Eh bien ! moi, j'ai eu assez de femmes, ma chère ; tu me conviens, je n'ai pas envie de te partager avec un autre.

Elle voulut se révolter.

— Mais, je suis libre, pourtant !...

Il la regarda dans les yeux, en accentuant ses paroles :

— Crois-tu ?... — Ce pauvre Gabriel est mort dans des circonstances bien particulières... Quelque innocente que tu sois, on pourrait avoir des soupçons... Je t'assure que tu commettrais une imprudence en te mariant ainsi, sans écouter mes conseils... D'ailleurs, ce que je te dis là, c'est dans ton intérêt ; tu feras ce que tu voudras...

Elle renonça à son projet ; et de ce jour, Profès se montra plus net encore dans ses exigences.

Vers la fin d'octobre, des froids hâtifs se firent sentir. Palmyre s'enrhuma. Alors la crainte de la phtisie, qui la poursuivait depuis son retour de Montreux, l'obséda tout de bon. Elle ne l'avait jamais avouée, par peur de paraître puérile. Mais, cette fois, elle ne put s'empêcher d'en parler à Profès.

Celui-ci, loin de la calmer, accrut sa terreur, lui racontant de lamentables histoires dans lesquelles la phtisie, communiquée comme une syphilis, avait rongé successivement trois, quatre personnes.

— A vrai dire, ajoutait-il, des cas semblables sont rares. Mais il y en a.

Et il l'auscultait, il l'effrayait en lui énumérant les symptômes de la maladie, qu'elle croyait reconnaître dans ses plus légères indispositions. Elle écoutait sa toux, demandait à ses souvenirs si Gabriel toussait ainsi ; à la moindre transpiration, elle se rappelait les terribles sueurs froides dont ses oreillers avaient été si souvent trempés. Elle prit des remèdes et perdit l'appétit. Son inquiétude en redoubla. Alors, se rappelant ce que Profès lui avait dit autrefois de l'hygiène et du changement d'air, elle voulut partir pour le Midi.

Ils allèrent à Bordighera.

Là, pendant trois semaines, elle fut heureuse. Comme en Suisse, on la crut d'abord mariée et on la reçut bien. Elle fut de toutes les parties. Un vrai gentilhomme, un comte de Châtenay, lui fit la cour avec respect. Elle l'accueillit en honnête femme qui lutte contre une passion pour rester fidèle à ses devoirs, mais qui sait triompher d'elle-même. Elle trouvait ce jeu-là charmant; et des accès de mélancolie la prenaient quand elle songeait que rien de tout cela n'était vrai, ne pourrait jamais être vrai, puisqu'elle était la propriété de Profès, — d'un homme dont elle était lasse, et qui dédaignait aujourd'hui jusqu'à son lit.

Puis, cette fois encore, tout cela changea : des Parisiens arrivèrent, et ne se firent aucun scrupule de raconter leur histoire. On se retira d'elle... Honteuse, elle voulut retourner à Paris. Mais elle eut beaucoup de peine à décider son amant : il trouvait que ses caprices devenaient gênants, à force de se multiplier, et prenait goût aux voyages. Il lui proposa de la conduire ailleurs, à Nice, à Florence, essayant de lui prouver que trois semaines passées à Bordighera ne pouvaient lui avoir fait aucun bien. Mais elle ne toussait plus, elle ne pensait plus à sa maladie. Elle répétait :

— Tant pis... j'aime mieux mon chez moi!...
Ces gens qu'on rencontre en voyage sont ennuyeux, et ce serait partout la même chose!...

Le départ fut triste.

Profès, de très méchante humeur, se mit à fumer
et resta dans un coin, en silence. Palmyre, toute
à ses pensées, se rappelait ses précédents voyages.
Un instant, le souvenir d'Auguste lui revint.
Comme il s'était occupé d'elle, celui-là, pendant le
retour de Montreux! Il la regardait respirer, il ne
pensait qu'à elle au moment même où il venait de
renoncer pour elle à toutes ses affections... Elle
l'avait sacrifié à cet égoïste qui, indifférent et bien
établi à la meilleure place, enveloppé dans un
luxueux manteau de fourrure dont elle lui avait
fait don, fumait des havanes payés par elle et ne
la regardait même pas...

Mais, tout en sentant que la haine avait remplacé l'ancien amour, elle ne pouvait s'empêcher
d'admirer son amant. Comme il la connaissait!
comme il était son maître! Ah! c'était un rude
homme, elle le sentait trop, et jamais elle ne
pourrait reprendre son indépendance... Il pouvait
la garder et l'exploiter aussi longtemps qu'il en
aurait envie, jusqu'au moment où elle serait trop
vieille, peut-être ruinée.

Et ce moment ne pouvait être très éloigné, à son âge : après les excès de sa vie, les années commencent à compter. Déjà elle avait besoin d'un maquillage compliqué : chaque jour, sa toilette était un peu plus longue ; de temps en temps même, elle arrachait un cheveu blanc de sa chevelure blonde. Certes, elle prenait de grandes précautions, elle soignait son corps avec un art infini ; mais elle ne pouvait se faire aucune illusion : elle était moins belle, la peau de son cou se parcheminait un peu. Oui, dans quelques années, Profès serait fatigué d'elle tout à fait. Il l'abandonnerait. Oublieux de son passé, il mettrait de l'ordre dans sa vie, il épouserait une jeune fille riche, il aurait des enfants au milieu desquels il vieillirait, tranquille, entouré de respect. Et qui sait? Il entretiendrait peut-être sa famille avec les débris de sa fortune à elle? Il ne se déciderait à lui rendre sa complète liberté que lorsqu'elle n'aurait plus rien.

Alors, elle ne trouverait certainement pas le mari qu'il lui fallait. Elle vieillirait seule, méprisée. Et si véritablement elle portait les germes de la phtisie, la maladie éclaterait, la couchant dans un taudis solitaire... Et tant de fois, elle avait entendu raconter que des filles étaient mortes ainsi, dans un abandon désolé, où sur un grabat d'hôpital, au milieu des plaisanteries cyniques de carabins prêts à plonger leurs scalpels dans le corps à peine glacé !... Cela n'était pas juste, c'était révoltant !

En réfléchissant à ces choses, elle se dit qu'il y avait un remède, un seul : épouser Profès !... Oui, l'épouser malgré tout, malgré son égoïsme, malgré la répulsion qu'il commençait à lui inspirer. Par ce moyen, elle serait un peu moins malheureuse ; elle aurait des droits sur lui. Et puis il lui donnerait, aussi bien qu'un autre, ce qui lui manquait surtout, ce dont elle avait soif et ce qui ne peut s'acheter : au moins l'apparence de la considération.

Alors elle s'étonna de ne pas avoir eu cette idée plus tôt ; sans aucun doute, il accepterait avec empressement : car enfin, elle était riche.

Et, le réveillant un matin, dans son demi-sommeil, elle lui demanda brusquement :

— Veux-tu m'épouser ?

Il se fit répéter la question, comme stupéfait. Puis il resta un moment sans répondre. Et il discuta l'affaire en s'habillant.

— Mon Dieu, ma fille, dit-il enfin, c'est bien grave, ce que tu me proposes là... Il faudrait voir !... Pense donc, nous ferions un singulier ménage... Ne trouves-tu pas ?

— Non... Non... Pourquoi ne pourrions-nous pas nous marier, comme tout le monde ?

— On ne doit jamais épouser sa maîtresse : ça n'est pas bien vu, et les préjugés de la société, fondés ou non, sont respectables.

Palmyre eut un sourire.

— Nous sommes assez riches pour leur imposer silence !

— Cela n'est pas certain... Si j'étais riche aussi, je ne dis pas ; mais la fortune vient de toi, — presque entière. On aurait peine à me pardonner. Et puis, ce n'est pas tout. Quand un homme se marie, n'est-ce pas ? c'est quand il veut vivre tranquille...

— Et bien ! qui nous en empêcherait ?...

— Beaucoup de choses, ma chère : tout notre passé. Quand bien même le maire et le curé nous auraient récité leurs formules, je resterais ton amant, tu resterais ma maîtresse... Et ce n'est pas tout ; je voudrais que ma femme, — si je me marie un jour, — me posât dans le monde, surtout dans le monde des sciences. J'ai toujours désiré une place de professeur, par exemple. Ce ne serait pas par toi que je pourrais y arriver, n'est-ce pas ?...

Son orgueil de femme vibra.

— Pourquoi pas ?. fit-elle en se redressant.

Puis, comme il souriait, elle reprit :

— D'ailleurs, puisque nous sommes riches, qu'as-tu besoin d'être professeur ?...

— Ça me ferait plaisir... L'argent, ce n'est pas tout, tu comprends : il y a aussi la considération... Autre chose encore... Mais tu ne te fâcheras pas ?...

— Non...

— On aime bien à être tout à fait sûr de sa femme, — aussi sûr que possible, au moins... Pourrais-je avoir assez de confiance en toi ?... Rappelle-toi ce petit jeune homme que tu m'as ramené de Montreux ! Des caprices semblables, on les pardonne à sa maîtresse, mais à sa femme !... Décidément, vois-tu, mieux vaut rester comme nous sommes ! Nous avons encore quelques bonnes années à vivre ensemble, profitons-en !

Palmyre eut l'imprudence de lui ouvrir sa pensée.

— Oui, mais ensuite ?... Tu ne penses pas à moi !

— Ensuite ?... mon Dieu !... Nous verrons... Nous avons le temps d'y penser... Si nous nous fatiguons l'un de l'autre, nous irons chacun notre chemin... Je me marierai peut-être...

— Et moi ?

— Eh bien! toi... toi aussi, si tu veux! Tu seras
libre... N'est-ce pas bien mieux de rester ainsi que
de nous lier l'un à l'autre pour l'éternité !...

Devant cet égoïsme qui s'étalait si naïvement,
elle eut une révolte et demanda, d'une voix contenue :

— Mais, si tu ne veux pas de moi, pourquoi
donc m'as-tu empêchée d'épouser ce colonel brésilien?

Il se récria :

— Ah! çà, c'est une autre question! Mets-toi
donc à ma place, ma chère! Je ne pouvais pas
faire autrement... Il n'y a aucune raison pour que
nous nous séparions maintenant, et je tiens trop
à toi, je t'assure, pour consentir à t'abandonner
de la sorte... Et puis, je trouvais cet homme anti-
pathique... Il ne t'aurait pas rendue heureuse :
c'était un chevalier d'industrie !

Elle ne répliqua pas. Qu'aurait-elle pu répondre? Seulement, les paroles de Profès lui ayant
enlevé ses dernières illusions, elle se sentait enva-
hie par la tristesse du rêve évanoui, de la solitude
menaçante.

Profès avait allumé une cigarette. Elle s'éteignit. Il en prit une autre, l'alluma, en regardant
voltiger sa fumée. Chacune de ses paroles avait

été un adroit mensonge. Il s'inquiétait peu des
préjugés du monde, point du tout de la conduite que pourrait tenir sa femme ; il regardait
le mariage comme une spéculation suprême,
pour laquelle on doit déployer sa plus grande
habileté, qu'il faut absolument réussir. Il était
très décidé à épouser Palmyre. Mais il se serait
bien gardé d'accueillir sa première avance ou de
lui témoigner quelque empressement. Il la voulait
pieds et poings liés, annihilée, domptée de telle
sorte qu'en se jetant dans ses bras comme dans
un dernier refuge, elle oubliât toute précaution,
surtout celle du contrat. Par ce moyen, il aurait
la fortune à lui tout entière, il pourrait à son
choix la garder ou la dissiper au gré de ses fantaisies ; il en serait bien le maître..

Alors il lui venait de vagues idées de spéculation. Il songeait à jeter d'un seul coup son nom à
côté de ces noms de Juifs allemands dont la sono-
rité a quelque chose de métallique ; à défricher
une province ; à exploiter des mines : tout cela
sans avoir jamais de compte à rendre, pour décu-
pler *ses* capitaux ; et qui sait encore ? comme dernier plan, n'y avait-il pas quelques rêves de situation politique, pas plus inouïs que d'autres
après tout ce qui s'est vu.. Mais... Palmyre était

encore trop maîtresse d'elle-même pour ne pas se
mettre parfois en travers de ce qui voulait une
direction arbitraire : il fallait la « travailler » encore.

Les jours qui suivirent le retour à Paris, Profès
fut très aimable.

Puis il reprit son ancienne manière de vivre, il
alla presque chaque soir « chez le docteur Baumann », d'où il rapportait des anecdotes et de
nombreux détails sur les personnes qu'il y rencontrait.

De temps en temps, il interrompait ses sorties
continuelles par de brusques retours de passion,
consacrant à Palmyre une vraie heure, une heure
de leur tendresse passée, et reprenant dans cette
heure-là tout l'espace perdu, comme un cheval de
sang rattrape d'un élan le temps négligé sur la
piste.

D'autres fois, il se faisait indispensable autrement, il la traitait en malade, il l'auscultait, lui
recommandait de se ménager, lui prescrivait une
hygiène, lui ordonnait des sirops émollients et des
potions d'un goût détestable. Elle prenait tout;
mais à chaque nouveau remède, ses inquiétudes
se réveillaient. Elle regretta de n'être pas restée
dans le Midi et n'osa proposer d'y retourner.

Mais, au moindre enrouement, elle s'enveloppait de châles ou gardait le lit ; et, dans des
heures d'angoisses ou de longues insomnies, elle
se rappelait la maladie de Gabriel, — et la terreur
ne la quittait plus...

Longtemps, comme elle, ce pauvre Gabriel
s'était cru fort et sain ; à vingt ans il avait eu
péut-être des poumons réels, tout comme un
un autre ; en tout cas, son corps ne s'était pas
fondu d'un seul coup... Et, dans ses lugubres
imaginations, elle voyait déjà ses seins veules
tomber, ses épaules se resserrer sur sa poitrine
ridée, ses jambes amaigries chanceler, impuis-
santes à la soutenir.

Alors, tout le monde l'abandonnait, Profès le
premier : car, pour le retenir, celui-là, il fallait
avoir toujours vingt ans, ou faire semblant
de retrouver pour lui les ardeurs de l'éternelle
jeunesse ; au besoin, s'imposer quelque souffrance dont il pût jouir. Et ses adorateurs disparaissaient l'un après l'autre, ne reconnaissant
plus leur idole vert-de-grisée.

Van Sighem lui-même, l'éternel soupirant, s'en
allait quérir bonne fortune ailleurs, n'ayant pas
plus que les autres l'idée de s'établir au chevet
d'une mourante...

14.

Et elle restait seule, délaissée, soignée à peine par une femme de chambre vénale, qui la volait de manière à s'enrichir pendant son agonie, ou par une sœur de Charité écœurante de pitié vertueuse... Des collatéraux inconnus arrivaient à point pour l'écraser de leurs protestations et pour lui parler de « la voix du sang »... Et des prêtres la conjuraient de ne pas oublier leur confrérie, la jetant dans l'épouvante par de lugubres descriptions de l'enfer, dans l'espérance par des phrases vagues sur la bonté de Dieu... A de certaines heures tristes, il lui passait devant les yeux des scènes d'extrême-onction : alors, en pensant à ces choses, elle se sentait secouée par une frayeur terrible de la mort. Dans ces moments-là, elle se rappelait les phrases de son cathéchisme, et quelques-unes des terrifiantes histoires de mademoiselle Léonie. Elle pensait aux cris des démons, aux morsures des flammes éternelles, aux grincements de dents des damnés. Pourquoi ces choses ne seraient-elles pas vraies ?... Tout le monde les répète. Il y a même des prêtres qui citent les noms des grands savants qui les ont crues... Or, elle ne pouvait rien attendre de l'autre vie : elle irait certainement en enfer ; aucun doute n'était possible ;

elle avait vécu dans l'impudicité, dans le mépris
des choses sacrées ; elle avait fait la mort d'un
homme... Et, se cachant la tête dans ses oreil-
liers, elle fouillait ses souvenirs pour retrouver
des lambeaux de prière, qu'elle récitait à haute
voix...

Elle faillit devenir dévote.

Profès en fut effrayé : le prêtre était le rival
qu'il redoutait le plus. Evidemment, si elle allait
à confesse et suivait les offices, elle lui échap-
perait ! Alors, il lui fit espérer une complète guérison et réveilla son désir de vivre.

Et Palmyre, dans ses heures de solitude dont
l'ennui était encore de temps en temps troublé
par de vagues terreurs ou par des pensées de gé-
henne, reprit ses rêves mondains. Peu à peu, son
désir de pénétrer dans le monde régulier devenait une idée fixe.

Or, celui-là ne semblait pas devoir se réaliser :
la vie se plaisait à contrecarrer tous ses goûts.

Elle aimait à s'étaler en toilette excentrique
dans une première loge de l'Opéra qu'elle s'était
fait octroyer, Dieu sait par quels ricochets de combinaisons et à quel prix ! Là, elle se trouvait, de
loin, en pays de connaissance ; elle éprouvait

comme une volupté amère à jalouser des femmes
laides, vêtues sans goût, incapables même d'a-
giter leur éventail avec grâce, mais drapées dans
leur dignité d'épouses, — qui suffisaient à peine
aux hommages dont on les comblait. Elle, en vain,
se couvrait de diamants et de dentelles, prodiguait
en vain les séductions d'une pose étudiée : des
gommeux, seuls, au foyer, la saluaient avec un
regard impertinent à travers leur monocle. Pendant que Villaret ou madame Frank-Duvernoy
s'égosillaient en roulades rossignolantes, elle,
indifférente au drame dont les péripéties se résolvaient sur la scène, cherchait à deviner les conversations qui roulaient dans la salle. Et l'on s'occupait d'elle, elle le sentait. Des hommes se la
montraient des yeux. Ceux qui l'avaient le mieux
connue prodiguaient les détails, racontant en se
penchant, d'un air de suffisance, des choses tout à
fait intimes. L'histoire de son héritage circulait;
des filles mal entretenues la fixaient en se demandant ce qu'elle avait de si merveilleux... Des
femmes du monde la regardaient par-dessus leur
éventail, puis haussaient les épaules en se retournant vers quelque soupirant et déclaraient inexplicable l'attrait exercé sur les hommes par « ces
créatures »... Puis, le corps de ballet faisant sou-

dain son entrée, on se recueillait pour admirer
en paix les jambes roses trémoussées dans leurs
cabrioles et les bras nus arrondis en poses classi-
ques. En un instant, Palmyre était oubliée. Ceux
mêmes auxquels on avait raconté sur sa personne
les plus affriolantes histoires se laissaient distraire par le magique spectacle de tant de jupes
courtes soulevées au vent des pirouettes.

Le ballet terminé, on ne parlait plus d'elle ; les
conversations prenaient un autre cours, déshabillaient d'autres femmes, savouraient un autre
scandale. Or, s'il lui avait été désagréable de voir,
à un moment donné, qu'on s'occupait d'elle, il
lui était plus pénible encore de sentir qu'on finissait par la délaisser tout à fait : elle ne faisait
même plus retourner le monde, par curiosité.

Mais en somme, tout cela lui donnait une distraction.

Profès ne consentait pas souvent à l'accompagner ; alors, comme elle ne voulait plus se montrer
seule en public, elle restait à s'ennuyer chez elle.

Quand sa calèche la promenait au Bois, sa vanité recevait les mêmes blessures, plus cruelles
encore. Des hommes qu'elle connaissait se dé-
tournaient pour ne pas avoir à la saluer du bout
d'un gant, et, tandis que d'autres femmes répon-

daient à d'innombrables saluts par un mouvement
de leur ombrelle, elle passait dédaignée, comme
inconnue, au milieu de cette foule qui, la connaissant trop, ne l'acceptait pas. Un jour Profès,
en essayant de se dissimuler derrière elle, lui
montra la voiture du docteur Baumann; et il lui
dit :

« Je ne voudrais pas qu'il me vît! »

C'était trop fort!... Cet homme qu'elle nour-
rissait, cet homme qui, sans doute, était ou passait pour être l'amant de plus d'une femme du
monde, rougissait d'elle!... Mais ces gens si fiers
n'avaient-ils pas tous quelque honte, quelque
stigmate? Elle valait autant qu'eux, certainement;
est-ce que rien ne pourrait donc jamais laver les
souillures de son passé? Quelle était donc la
tache indélébile qu'on ne lui permettait pas d'effacer?... Il fallait qu'elle se mariât, voilà tout!
Le mariage était la purification suprême; les formules du prêtre jetaient comme un manteau sur
toutes les saletés de la chair; l'écharpe du maire
légitimait les plus hardies prostitutions.

... Eh bien! elle se marierait, elle se marierait
à tout prix !

... Quel que fût Profès, il devait décidément
être encore posé dans le monde, puisqu'il n'osait,

disait-il, se montrer en sa compagnie... Elle eut d'abord l'idée de lui reprocher sa conduite au Bois comme une insulte et une lâcheté, puis elle y renonça ; et elle ne se plaignit pas quand, le lendemain, il refusa de l'accompagner en lui disant :

— Non, ma chère !... C'était bon autrefois : j'étais jeune, on me pardonnait mes fredaines, même elles me servaient... A présent, j'ai besoin de passer pour un homme sérieux... Et puis, vois-tu, tu as trop mauvaise réputation : on t'en veut d'être trop riche !...

Chaque jour elle sentait un peu plus son isolement.

Profès écartait d'elle tous ceux auxquels elle aurait pu s'attacher. Van Sighem lui-même venait plus rarement.

Alors, elle connut l'ennui, l'ennui noir ; à de certaines heures, elle regrettait déjà les jours passés de sa misère, quand elle courait les bouibouis du quartier en quête d'un repas ou d'un gîte. Et elle se remit à supplier Profès de l'épouser, essayant de lui persuader qu'elle était encore jolie, lui jurant fidélité. Lui, après s'être fait prier quelque temps, après avoir fait sonner de grands mots et des objections sonores, se dévoua comme s'il faisait un sacrifice suprême, comme s'il brisait son avenir. Elle se prit à cette feinte. Elle le remercia avec des larmes de son abnégation. .

Et comme il témoignait un empressement médiocre à tenir sa promesse, Palmyre fit tous ses efforts pour hâter le mariage.

Elle attendait avec impatience la signature du contrat, voyant déjà des noms respectés s'inscrire au-dessous du sien. Mais son « fiancé » lui persuada que, dans leur situation, il fallait bien se garder d'une mise en scène semblable. À quoi bon crier au public le chiffre exact de la fortune de Métivier ? Quand on le saurait, on redoublerait de calomnies ; la jalousie était déjà bien vive, il fallait la ménager. Puis, elle aurait peut-être la mortification d'essuyer des refus.

Pourquoi ne pas faire ses invitations pour le jour même du mariage ? Ses amis à lui et ses confrères viendraient à l'église ; leurs femmes ne feraient aucune difficulté pour les y accompagner. Alors, la glace étant rompue, madame Profès, brevetée honnête femme, pourrait ouvrir ses salons...

Palmyre se rendit à ces raisonnements, trop heureuse de céder à celui qu'elle appelait son « fiancé ». On ne fit pas de contrat. En revanche, plus de cinq cents invitations furent lancées pour la

bénédiction nuptiale qui devait avoir lieu à la Madeleine.

La chose décidée, Palmyre eut de bizarres fantaisies, auxquelles Profès se prêta complaisam-
ment. Elle ne voulut plus qu'il demeurât chez
elle, ne trouvant pas cela convenable ; il obéit et
s'occupa de préparer leur future demeure, au
boulevard des Italiens. Il dut aussi oublier qu'elle
était sa maîtresse, car elle exigeait qu'il la traitât
en véritable fiancée qu'on respecte.

Pendant quinze jours, elle joua son rôle pour
elle-même, avec un grand sérieux, presque avec
naïveté : elle prenait un air modeste, elle fuyait
le monde comme si les regards des hommes l'eussent gênée, elle baissait les yeux en parlant de son
mariage. Sa toilette de noces la préoccupa beaucoup : elle voulait quelque chose de riche et d'un
goût exquis, une merveille. Le couturier suivit
ses recommandations à la lettre. Elle, en rêvait,
se voyant déjà rajeunie et très belle.

Quand elle essaya cette toilette tant attendue,
elle ne put s'empêcher de reconnaître qu'elle aurait mieux fait d'être plus simple. Les fraîcheurs
de la faille, amollie encore par les dentelles en
vieux point d'Alençon dont elle était recouverte,
tranchaient crûment avec son cou dont les mus-

cles commençaient à saillir, avec les traits trop
accentués de son visage ; et les tons faux rose du
carmin, les empâtements du cold-cream et de la
poudre de riz, mis en évidence, la faisaient paraître plus décrépite que de réalité. Il était impossible de ne pas remarquer le contraste de la
robe virginale avec une tête de femme, un corps
émacié par la grande vie. En la regardant, on
pensait malgré soi aux épaves revernies de vais-
seaux longtemps battus par les flots, aux tableaux
décolorés par les années et qu'un barbouilleur
restaure.

Par bonheur, le voile de mariée (aussi en vieux
point d'Alençon) cacha sous ses plis les dévasta-
tions du temps, comme le mariage allait voiler de
sa sainteté les vilenies du passé.

A la mairie, tout fut convenable. Profès eut la
gravité requise en mettant son nom sur le re-
gistre ; la main de Palmyre trembla un peu et,
sous l'écriture fine et penchée du médecin, sa
grosse bâtarde s'étala, gênée, chevrotante. Les témoins, — des jeunes gens d'un cercle fashionable,
— avaient leurs boutonnières ornées de gardé-
nias, et des plastrons bombés sous les transpa-
rents de leurs gilets.

A l'église, ce fut autre chose.

Tout avait été préparé pour rendre la cérémonie imposante. L'autel était décoré de plantes exotiques dont les larges feuilles bizarrement découpées recouvraient des roses venues de Nice, des camélias, des grenades éclatantes, des myrtes. Des cierges constellaient le demi-jour du chœur. L'encens brûlait dans les cassolettes, versant jusqu'au bout de la nef les ivresses de son parfum. Et, devant un Christ doré élégamment cloué sur sa croix, un prêtre officiait, marmottant ses formules toujours les mêmes, dont les phrases sonores éveillaient les échos de l'église presque vide...

... Car l'église était presque vide : aucun des illustres invités n'était là.

Van Sighem, un peu triste, étonné surtout d'une conclusion à laquelle il était loin de s'attendre, écoutait, les yeux vagues, se demandant comment Palmyre pourrait bien comprendre le mariage; quelques hommes, — des collègues de Profès ou des gommeux venus pour la blague, — parlaient entre eux; un reporter d'un journal à scandales prenait des notes et souriait en arrangeant d'avance ses phrases poivrées de sous-entendus.

C'était tout.

Palmyre fouillait en vain de son regard les re-

coins secrets de l'église, aucune femme n'était là...
Si, pourtant, il y en avait trois, trois anciennes
amies, venues sans invitation, poussées par la
curiosité d'assister à « la fin » d'une compagne et
ricanant de la voir isolée; elle le méritait bien;
pourquoi avait-elle fait la fière?...

Le prêtre exhorta les époux, saisissant l'occasion de se livrer à une diatribe contre le divorce. Sa basse-taille, émancipée de la routine
des prières, ronflait avec des sonorités. Il agitait les bras pour bénir ou pour menacer, selon
qu'il tonnait contre l'impiété croissante ou qu'il
constatait les bienfaits dont la bonté de l'Eternel comble les mortels ingrats et pervers. Comme
il s'étendait sur les devoirs de l'époux, — qui
doit conduire sa femme dans la bonne voie, —
Palmyre tressaillit : des étrangers, conduits par
un sacristain solennel, s'arrêtaient dans l'un des
bas-côtés. Un instant, elle les prit pour des invités ; mais ils continuèrent bientôt leur promenade de curieux en échangeant à demi-voix leurs
impressions.

... Ensuite, très grave, le prêtre passa au chapitre des devoirs de l'épouse, s'obstinant à traiter
en vierge la fille agenouillée devant lui, la mettant en garde contre la tentation, lui assurant

qu'on trouve dans la religion un appui solide
contre les appels de la chair et les maux dont la
vie est féconde.

Cela lui rappelait ses leçons de catéchisme, lui
donnait une grande paix; à présent qu'elle était
mariée, elle ne craignait plus la justice éternelle;
son union légitimait sans doute les fautes de son
passé. Et, peu à peu, en écoutant les paroles so-
lennelles du prêtre, elle sentait s'apaiser les révoltes de sa vanité blessée par la solitude de l'é-
glise. Oui, malgré l'absence d'hommes éminents
et d'honnêtes femmes, elle sortirait de là réha-
bilitée aux yeux de tous, épouse sacrée. Cette
simple cérémonie l'introduirait dans une nouvelle
existence : elle allait vivre comme tout le monde,
connaître la douceur des voluptés permises, savourer les joies inconnues du foyer, se reposer de
toutes ses fatigues, de tous ses écœurements, dans
le calme d'un intérieur béni!... Ah! le prêtre avait
raison! Le mariage est une si belle chose, que le
divorce doit être une impiété!...

Cependant, Profès répondait : « oui » d'une
voix assurée. Comme le prêtre se tournait vers
elle, elle inclina la tête en signe d'acquiescement,
s'engageant à beaucoup de choses qu'elle n'avait
pas entendues.

Puis on se retira.

En passant, elle écrasa ses anciennes amies d'un regard dédaigneux. Elle baissa les yeux en apercevant Van Sighem, avec un sentiment de pudeur qu'elle n'avait jamais éprouvé jusqu'à ce jour. Et un grand orgueil la prit quand les étrangers épars dans l'église se rangèrent respectueusement à son passage, cherchant à percer de leurs regards les secrets de son voile blanc.

Il y eut un dîner, où bien des places restèrent vides : un bal, où peu de couples se mêlèrent dans les enivrements des valses. Et Palmyre souffrait des élégances du service, de l'abondance des mets exquis, des raffinements de son luxe, au milieu duquel elle sentait davantage son isolement, pareille à ce roi antique dont le toucher changeait tout en or et qui se mouvait entouré des statues de ses amis, de ses serviteurs, de son peuple.

Pendant toute la journée, Profès avait été de mauvaise humeur. Son abandon ne l'étonnait pas : il sacrifierait sa femme, et ses amis lui reviendraient ; mais il trouvait cette parade dans le vide assez ridicule, et son amour-propre en souffrait.

Vers une heure, les nouveaux époux gagnèrent

leur appartement du boulevard des Italiens.
Quand ils furent seuls, après la gêne de ces rôles
qui ne leur convenaient pas, les énervements de
cette journée de déceptions, — ils se retrouvè-
rent.

Palmyre, — qui s'était ingéniée à balbutier
pendant un mois des phrases de jeune fille, —
fut de nouveau la maîtresse ardente qu'elle était.

Profès fut amant. — C'était pour la dernière
fois.

Au bout de peu de temps, il se remit à fré-
quenter ses cercles, ses sociétés interlopes où
il trônait, et ce monde, dit comme il faut, à l'aide
duquel il avait fasciné Palmyre. Il était un autre
homme, rajeuni, rendu à de nouvelles fantaisies
par ce mariage qui lui donnait une bourse iné-
puisable. Ses amis les plus prodigues admiraient
sa prodigalité ; les viveurs les plus blasés profitaient de ses inventions.

Plus d'une fois, effrayée par le galop de ses
louis dont elle ne retirait aucun plaisir, Palmyre
hasarda quelque observation. Il ne l'écoutait pas.
Elle finit par lui abandonner les clefs de la caisse.

Si elle lui demandait quand il la conduirait enfin dans le monde, loin de refuser, il répondait :

— Nous irons jeudi soir chez la comtesse d'O...
Je lui ai parlé de toi... Elle te recevra avec
plaisir...

Palmyre le consultait pour sa toilette. Il l'écoutait, lui donnait même des conseils. Puis il disparaissait le jeudi matin jusqu'au vendredi soir.

C'était ainsi une alternative continuelle d'espé-
rances et de déceptions.

Une fois, vaincu par ses instances, et pour avoir
la paix, il consentit à donner une soirée. Peut-
être cela romprait-il la glace... Des invitations
furent lancées. Ce fut comme au mariage : les
hommes vinrent seuls.

Et pendant que Palmyre souriait à ses invités,
le cœur navré, s'efforçant d'être à la fois gra-
cieuse et distinguée, se multipliant comme pour
paraître moins abandonnée, Profès lui dit :

— Tu vois, ma pauvre fille, on ne veut décidément pas de toi... Je ne sais pas qu'y faire : le
monde est ainsi ! il faudra trouver un moyen de
t'amuser toute seule.

Seule, elle le fut de plus en plus. Elle passait
d'interminables journées à errer à travers les
somptuosités de ses appartements, dont les meubles étaient à jamais recouverts de leurs éternelles housses. Ou bien, étendue sur quelque

divan de son salon, elle regardait les Gobelins de
la muraille, qui représentaient des scènes mytho-
logiques toutes pleines de héros en cuirasse et
d'amours ailés ; ou, l'œil fixé sur un nègre en
bronze, grandeur nature, qui servait de jardinière
et disparaissait sous l'enchevêtrement des pal-
miers, des papyrus, des bégonias, elle savourait
son ennui.

Sa dignité d'épouse, acquise peut-être au prix
de sa fortune, loin de lui servir, lui nuisait ; son
amant même la délaissait, son amant par elle enrichi...

Elle se mit à repasser dans sa mémoire les moindres actes de Profès; et peu à peu, elle comprit à
quel degré il l'avait dupée. Tout ce grand amour
était une feinte. Il l'avait enveloppée dans le ré-
seau de ses séductions ; oui, il l'avait *séduite*,
comme une fille séduit un jeune homme, comme
elle-même avait séduit Mahaud, Métivier, Auguste
et tant d'autres... Elle en pleura : quelque sentiment lui venait avec l'âge. Puis elle se demanda
par quelle faute impardonnable elle avait préféré
ce misérable à Gabriel...

Elle l'avait tué, lui, le bon : donc son malheur
était sa propre faute!...

Elle se rappela qu'à Chartres, au temps de son

15.

ennui, elle lisait beaucoup de romans ; et elle s'a-
bonna à un cabinet de lecture. On lui fournit des
choses sucrées, des histoires niaises, étirées en
longues phrases filandreuses, des récits stupé-
fiants du bon temps passé, du temps où les mous-
quetaires galopaient sur toutes les routes de
France, de celui où les châtelaines ouvraient leur
porte aux troubadours. La soi-disant peinture
« des mœurs du grand monde » surtout fit ses délices. Elle dévora *M. de Camors, le Roman d'un
jeune homme pauvre, Bellah,* toute cette litté-
rature musquée d'après laquelle elle rêvait l'inconnu. Et cela rendait plus cuisant son ennui,
cela lui faisait sentir plus lourdement sa solitude.
Oh ! comme elle aurait voulu rencontrer un de
ces héros dont les sentiments sentent le benjoin
ou le patchouli comme des mouchoirs de poche !...
L'un d'eux, sans doute, aurait pitié du vide qui
l'étouffait, la ranimerait comme une goutte de
rosée ranime une fleur flétrie (elle avait entendu
cela dans *Mignon*), mettrait à ses pieds les délicatesses d'un cœur tendre !... Et l'adultère convenable, fleuri, élégant, succéderait à ses brutales
amours bien oubliées !

Mais cet idéal ne venait pas !... Où l'aurait-elle
pu trouver ?

Souvent, le front collé contre la vitre, elle regardait la foule, cherchant parmi les passants un visage qui lui donnât l'idée du héros rêvé. Et de temps en temps elle aperçut, perdue dans la masse des grotesques, une tête embellie par un rayon d'amour ou de génie. Elle la suivait du regard : c'était parfois un bohème aux souliers crottés, un de ces pauvres qui cachent le défaut d'habit sous l'apparence d'un pardessus de trente-cinq francs ; et il disparaissait, comme noyé dans le flot des boulevards... Ah ! pourquoi ne s'était-elle pas donnée à un homme semblable?... Non, elle n'était point faite pour servir de femme à Profès, mais bien plutôt pour éclairer comme un soleil une de ces existences décolorées, pour sauver peut-être un génie des gouffres du désespoir, de la misère, du suicide!...

Elle voyait peu de monde, ayant rompu avec la plupart de ses anciennes relations.

Van Sighem venait encore de temps en temps. Mais il était respectueux, maintenant, ou indifférent. Son grand amour était mort dans l'attente. A présent que la passion ne lui serrait plus la gorge, il savait dire des banalités élégantes. Son verbiage plaisait à Palmyre. Elle se dit plus d'une fois que c'était peut-être là l'homme qu'il lui

aurait fallu ; que, sous son ancienne timidité, il
avait caché un grand cœur, qu'il devait avoir
besoin de tendresse. Mais elle prenait trop au sérieux son rôle d'honnête femme pour lui faire des
avances ; et lui, ne parlait plus d'amour, n'essayant
même plus de mettre des flammes dans ses yeux
vagues d'homme du Nord. S'il continuait ses
visites, c'était par politesse d'habitude envers une
femme jadis aimée, par déférence pour ses souvenirs et pour remplir ses heures vides.

Un jour, Palmyre vit passer un marchand de
chiens sur le boulevard. Elle le fit monter et lui
acheta un petit griffon d'Ecosse, tout blanc, aux
poils soyeux, qu'elle appela Tobby. Elle lui mit
un collier rose, lui fit faire une série de paletots,
le prit pour compagnon inséparable. Tobby devint
une source de distractions continuelles, le personnage important de la maison. A sa moindre indigestion, on courait chercher le vétérinaire, on
passait des nuits à le veiller. Le petit chien ne
pouvait sentir Profès et lui jappait sans cesse
après les talons. Profès s'étant avisé, dans un
moment d'impatience, de lui donner un coup
de pied, Palmyre, cette fois, se fâcha tout de
bon.

A la suite d'une scène violente, les époux

firent deux lits et ne se virent plus même tous les jours.

Irma, rétablie dans ses fonctions, avait la haute surveillance de la maison et tenait parfois compagnie à madame, quand madame, fatiguée d'être seule avec Tobby, témoignait le désir de voir une figure à peu près humaine.

A cette époque aussi, la père Veulard, veuf depuis dix-huit mois, retrouva sa fille. Il était très pauvre. Elle lui fit une pension ; de temps en temps, pour s'occuper, et pour se persuader qu'elle remplissait ses devoirs de fille, elle allait le voir.

X

Depuis deux jours, Profès n'était pas rentré : il faisait ainsi de fréquentes disparitions.

On était au mardi gras. Palmyre, Tobby sur ses genoux, avait fermé son livre, — un de ces éternels romans du grand monde, — et s'ennuyait à écouter les bruits du dehors. Vers les quatre heures, comme le tapage augmentait, elle se leva et alla se mettre à la fenêtre.

Il faisait une journée triste : un ciel plombé, point menaçant, mais monotone; peu de lumière. Et le boulevard était en folie. Sur les trottoirs, des deux côtés, piétinaient des filles dont les robes à longues queues, chargées de poussière, se déchiquetaient sous les pieds des passants; des

jeunes gens en quête d'une bonne fortune pour le
soir, à qui l'on pût offrir un souper dans les prix
doux; des pauvres, des éclopés, traînant leur
piteuse mendicité, essayant par moments de
souffler dans une maigre clarinette; des habitants
de quartiers excentriques, amenés par les trains
de banlieue, armés de parapluies, ahuris par le
tapage, étrangers à cette vie du grand Paris
comme à celle d'une ville inconnue, prodigieusement inquiets quand il s'agissait de traverser
la chaussée. Et des industriels baroques circulaient avec des provisions de cricris, de cor-
nets, de pince-nez tricolores, se faisant drôles,
imitant des cris d'animaux, célébrant leur mar-
chandise avec l'ironie gouailleuse du parfait fau-
bourien. Et des bonnes ou des mamans prome-
naient des gamins empaquetés dans des étoffes
antiques de coupe sans nom. Et l'on s'ébaudissait.
On éclatait quand un masque hâtif, Colombine,
Laitière, Pierrot, Arlequin, passait, un peu honteux, essayant parfois de cacher sous un water-
proof ou sous un pardessus fripé un costume
dont les couleurs paraissaient ternes, dont les
paillettes, dans ce jour vague, restaient sans
lueur. Mais ce qui faisait surtout la joie des
piétons, ce qui par moments les suspendait en

grappes sur le bord des trottoirs, c'étaient des
breaks gigantesques, d'énormes calèches, des
véhicules innommés, traînés par des chevaux à
panaches, chargés de douze ou quinze individus,
hommes et femmes, drapés dans des oripeaux
galonnés, se trémoussant, soufflant dans d'iné-
narrables instruments, — réclames de brasseries
ou de bals des barrières. Et vraiment, cela promettait ! Ces maigreurs poitrinaires, ces graisses
malsaines, ces chairs molles, ces yeux battus, ces
teints flétris devaient donner aux promeneurs
béants la plus haute idée des plaisirs offerts par
tous ces établissements !...

Ces voitures-là surplombaient de toute la
hauteur de leur charge humaine les fiacres dans
lesquels se prélassaient des bourgeois promenant
leur famille, avec leur aîné sur le siège à côté
du cocher et leur dernier bambin en nourrice.

A travers l'encombrement, les omnibus avan-
çaient avec peine ; et le char romain de l'Hippodrome, traîné par de petits chevaux montés de
grooms en culottes blanches, allait de la Bastille
à la Madeleine.

Longtemps Palmyre contempla cette foule ; le
bruit des roues sur le macadam, des pas sur le
trottoir, des cris, des rires, tout se fondait pour

elle dans un murmure immense et confus. A de lointains intervalles, elle percevait quelque détail précis dans la bigarrure des couleurs, dans l'enchevêtrement de tous ; elle vit une de ses amies dont la toilette rose éclatait dans une voiture de maître ; plusieurs figures rencontrées souvent à Mabille passèrent en voiture aussi. Van Sighem avait préféré le trottoir, sans doute pour s'amuser plus à l'aise : il gesticulait au milieu de trois ou quatre jeunes gens.

Elle remarqua aussi quelques visages connus de gens du monde, très convenables dans leurs calèches armoriées, entraînés par un flot de grasse ripaille et de débauche vulgaire, dédaigneux dans la joie du Paris des fêtes... Et elle se courbait davantage sous le poids de sa solitude ; petit à petit, elle se rappelait les mardis gras de sa jeunesse, ces journées folles où, comme tout le monde, elle courait les rues, — en costume de Tyrolienne ou de marquise Pompadour.

Elle s'amusait, dans ce temps-là ; elle s'amusait beaucoup !

Le carnaval était une véritable fête ; elle mêlait ses rires aux rires de tous, — au lieu d'envier, d'une fenêtre, la joie qui passait à ses pieds... Puis, le soir, elle allait se griser de bastringue en bastringue, triomphant dans plus d'un bouiboui, laissant un vieux Cassandre essuyer sur ses lèvres les baisers d'un Arlequin...

Ah! recommencer une fois, une fois seulement!... Vivre encore un jour de jeunesse, une heure de vraie folie!... Mais elle était riche, mariée, sérieuse. Arlequin aurait dérangé sa coiffure, Cassandre aurait fait tomber son fard...

... De grands cris montèrent : un farceur, habilement déguisé en singe, se frayait un chemin à force de cabrioles, accaparait l'attention et, sans gêne, plaisantait chacun. Les filles se haussaient pour le mieux voir, les bourgeois sentaient un vague effroi les envahir; deux ou trois mioches crièrent en griffant leur bonne.

Comme Palmyre souriait, le trouvant drôle, il leva la tête vers elle et se mit à lui faire une série de ses plus grotesques grimaces. Les passants rirent. Elle quitta la fenêtre d'un air de dignité offensée, mais non mécontente en elle-même, savourant comme un arrière-goût de ses anciennes joies.

De nouveaux éclats de voix la rappelèrent. Une voiture passait, un peu plus délabrée que les autres. Parmi les grotesques qui la remplissaient elle remarqua un Titi de qui la figure ne lui pa-

raissait pas inconnue... Qui pouvait être ce Titi?...
qui donc?... mon Dieu ! c'était Auguste !... à n'en
pas douter, c'était lui;... ou la ressemblance. la
trompait d'une façon bien singulière...

Il allait deviner sa présence, la voir... Elle l'ap-
pellerait. Que lui dirait-elle?...

Mais non. Il ne la vit pas.

Une Folie très touffue l'absorbait entièrement.
Allons ! il avait fait comme les autres : il s'était
consolé, puisqu'il s'amusait maintenant.

La nuit descendait ; les détails se perdaient dans
le fourmillement de la foule... Vers six heures
et demie, Irma vint la chercher pour dîner, —
pour dîner, toute seule, avec Tobby à côté d'elle.

Des bouteilles de formes étranges élevaient leurs
têtes sur le dressoir ; un valet en cravate blanche,
à favoris longs coupés à l'anglaise, obséquieux,
la servait. Il lui présentait les uns après les autres
les mets les plus succulents : il y avait du caviar
qu'elle adorait jadis ; du pâté de bécasses truffé,
que Profès aimait beaucoup ; des choses dont elle
eût fait bombance autrefois, — autrefois, à l'époque où elle dînait pour douze sous chez un mas-
troquet, ou par cœur, en rêvant au souper qu'on
lui offrirait peut-être. Comme la moindre délicatesse lui faisait plaisir, dans ce temps-là ! elle se

régalait de tout, de la charcuterie et du bœuf
nature : trop heureuse quand elle pouvait demander un supplément de cornichons bien vinaigrés...
A présent, elle n'avait pas d'appétit : ça lui servait
à grand'chose, le talent de son cuisinier!... et sa
vaisselle en porcelaine!... et son argenterie, mar-
quée de ses initiales, P. P., Palmyre Profès!... —
« double P...! » disaient-ils entre eux, à l'office.

Ah! retrouver pour une heure cet appétit de la
jeunesse, dévorer une choucroute après une soupe
à l'oignon, s'épanouir devant une bouteille de
champagne à deux francs!... Mais elle était riche,
mariée, sérieuse : la choucroute lui ferait mal à
l'estomac; son cœur se soulèverait au troisième
verre du champagne des brasseries!...

Cependant, il y a des femmes qui continuent
jusqu'au bout leur existence de plaisir; de quel
bois sont-elles donc faites, celles-là? où puisent-
elles la force de rester sur la brèche jusqu'à des
cinquante ans, habiles à cacher les flétrissures de
leur corps comme les dégoûts de leur vieillesse?...
L'explication est facile : elles ont besoin pour
vivre de leur beauté, de leur jeunesse; et quand
elles n'ont plus ni jeunesse ni beauté, elles s'en
fabriquent de nouvelles.

Elles se grisent, parce que certains hommes

trouvent cela très bien ; elles mangent parce que
ceux qui leur payent à souper n'aiment pas à voir
de restes sur les assiettes, et aussi un peu par
prévoyance, ne sachant quel repas le lendemain
leur réserve... Pour qu'elles soient tout à fait
heureuses, il leur suffit de rencontrer un monsieur à peu près propre, pas trop exigeant et
presque joli... Puis elles ont toutes leur petit
homme chéri qui les gifle quand elles rentrent les
mains vides, mais dont elles peuvent au moins
s'occuper. Elle, n'a plus personne... On la laisse
là, comme un paquet inutile jeté sur le bord du
chemin ; on la traite à trente ans comme une
vieille rouleuse dont on n'a plus rien à tirer.

C'est en vain qu'elle a enrichi « son homme ».
Il ne lui en garde aucune reconnaissance ; et
sans doute, pendant qu'elle s'ennuie, il fait la
fête avec son argent... Quand il l'aura ruinée,
il la laissera rouler au trottoir, à l'hôpital, à la
morgue.

Pourtant, elle est encore jeune et elle pourrait
plaire. Et pourquoi, après tout, ne s'amuserait-
elle pas ?...

Non, elle est riche, mariée, sérieuse, on le saurait...

Elle quitta la salle à manger et retourna à la

fenêtre du salon. Il faisait un petit air vif qui
fouettait le sang. Les réverbères étaient allumés ;
les lanternes des voitures, rouges, bleues, vertes,
jaunes, flamboyaient dans la nuit ; les cafés proje-
taient sur les trottoirs des nappes de lumière. Et
dans l'ombre ainsi éclairée, les rires résonnaient
plus francs, les cris éclataient plus forts, les plaisanteries, les lazzis se faisaient jour plus à l'aise.
La gaieté de l'ivresse s'allumait déjà : on devinait
qu'une large part des passants se préparaient à la
noce...Comme ils s'amusaient , ces gens ! Comme
ils s'amusaient !...

Et l'on devait s'amuser plus encore là-bas, à
l'Elysée-Montmartre, au Château-Rouge, à Bullier !... à Bullier surtout, dans cette vieille salle où
elle s'était trémoussée dans tous les quadrilles, où
tous les amants de sa jeunesse lui avaient fait
vis-à-vis.

Bullier ! Oui, son carabin pauvre l'appelait « la
joie des enfants et la terreur des parents » ; et ils
se moquaient de leur misère s'ils avaient vingt
sous ou une entrée libre pour y pénétrer... Elle
s'attendrit en songeant à Bullier. Ah ! revoir
encore une fois ce rendez-vous des joies folles,
s'y oublier comme autrefois !

Mais, impossible ! Elle était riche, mariée, sérieuse; d'ailleurs, elle ne saurait plus seulement relever sa jupe pour danser le cancan, et puis, le cancan de son jeune âge n'était peut-être plus de mode!...

Après tout, qui sait? en se mêlant aux joies de la foule, elle retrouverait la force de ressusciter sa jeunesse. Tout lui manquait. Sa vie nouvelle ne lui donnait point les plaisirs sur lesquels elle avait compté : pourquoi ne retournerait-elle pas à ses anciens plaisirs?... Elle était riche : sa fortune ne la gênerait pas; — mariée : si peu; — sérieuse : elle mettrait un masque. — Parmi ses toilettes, elle trouverait sans peine de quoi s'habiller pour la circonstance.

Elle trouva.

Puis, ne voulant pas se faire conduire par son cocher, elle commanda un fiacre. Et elle partit. Irma, stupéfaite, s'oublia jusqu'à frapper Tobby, qui aboyait en voyant sa maîtresse s'en aller sans lui.

Elle arriva vers dix heures. Le cœur lui battit quand elle entra.

C'était bien son ancien Bullier, la grande salle aux parois peinturlurées, recouvertes de treillis, avec le buste si respectable de son fondateur, —

une bonne tête ! — avec son orchestre juché sur
l'estrade de bois, et ses globes rouges, bleus,
jaunes, blancs à travers lesquels le gaz papillote...
Mais Bullier semblait délaissé : la musique des
quadrilles résonnait dans le vide ; quelques danseuses payées sautaient avec ennui.

Palmyre resta sur le perron, le cœur serré d'une
inquiétude : la gaieté des anciens jours était-elle
morte?... Est-ce qu'on ne s'amusait plus, au vieux
quartier latin ?

Cependant, des masques arrivaient, d'abord
isolés, puis, vers onze heures, par groupes et en
foule. Dans le nombre il y avait des habitants des
régions lointaines, des grands boulevards, de
Montmartre, des Batignolles : un modèle italien
superbe, bien connu au *Rat mort,* était en Mé-
phisto, et son maillot écarlate dessinait ses formes
admirables, mille fois copiées.

Palmyre remarqua aussi des filles qu'elle avait
aperçues en passant sur la terrasse du café des
Princes ou du café Garen : la plupart en travestis ;
l'une en gentilhomme Henri III, avec une large
collerette ; une autre, très belle, en Incroyable ;
une autre en marquis Pompadour, les cheveux
poudrés ; plusieurs portaient aussi des costumes
fantaisie mis à la mode par une opérette, par un

ballet, par une féerie, qui les déshabillaient; de
sorte que des maillots lie de vin montraient des
jambes parfois cagneuses; des jupes courtes ou
fendues sur le côté laissaient voir le haut des
cuisses, et des gorges blanchies sortaient des cor-
sages décolletés. La lumière éclatait sur les ors
fanés des costumes, faisait miroiter les satins
flétris, accrochait des éclairs d'argent au jais des
parures plus simples, tandis qu'à certains mouvements les diadèmes de carton doré ou les casques
des pompiers et des gardes de Paris flamboyaient
avec des éclairs.

Après la valse, ce fut un fourmillement dans la
salle.

Néanmoins, Palmyre, que ce flot montant de
visages inconnus avait d'abord grisée, commença
à percevoir certains détails : quelques jeunes
hommes costumés en pages, que les femmes se
montraient en riant, marchaient avec des attitudes
langoureuses; les étudiants de première année,
s'efforçant de cacher leur timidité sous une inso-
lence d'emprunt, fumaient des pipes avec osten-
tation; des commis, correctement vêtus, madri-
galisaient pesamment. Et il y avait des vieux très
entourés, auxquels on donnait des noms d'amitié,
qui souriaient à tout le monde, en laissant voir

leur mâchoire édentée sous des lèvres tombantes.

Les premières notes d'un quadrille se firent entendre ; on se refoula pour laisser la place aux danseurs.

Pendant la première figure, tout un groupe fut mis en gaieté par l'arrivée de deux bourgeois en chapeaux ronds, qui s'arrêtèrent, ahuris, devant un rond de danse. Une « Folie » de taille énorme vint se planter devant eux et d'une voix canaille, au milieu d'une explosion de rires et de bravos, leur cria :

— Fallait venir avec vos légitimes !

Cette « Folie », Palmyre la reconnut : c'était la grosse Henriette, dite Henriette Bedaine, qui depuis des années faisait la joie du quartier. Mais elle avait changé : des rides plissaient ses joues veules ; ses épaules avaient des tons blafards ; la graisse de ses bras de colosse semblait tomber sur ses mains ; malgré cela elle n'avait pas perdu son rire strident, ni sa voix haute ; un groupe de très jeunes gens l'entouraient et s'esclaffaient à ses paroles, car elle passait pour avoir beaucoup d'esprit... D'autres figures connues étaient encore là.

La marchande de fleurs d'abord : une vieille à l'air honnête, habile à deviner les naïfs qui offrent

des roses et à se charger des commissions délicates; puis Gaston, le vrai Gaston, le seul Gaston
possible, l'éternel étudiant célèbre depuis des
années, ayant dix mille francs de rente, jamais
un sou dans sa poche, et malgré cela la coque-
luche de toutes les femmes... Il vieillissait, le
pauvre Gaston; quelques poils blancs parse-
maient sa moustache; lui qui jadis ne manquait
jamais l'occasion de revêtir un Arlequin et de
gambader comme un fou, — il portait une redingote; très tranquille, il s'entretenait avec d'anciennes connaissances, et son visage s'illuminait à
peine quand on riait d'une de ses saillies démo-
dées... Et d'autres vieux camarades, tous également gênés dans cette cohue de nouveaux visages, essayaient en vain de se cramponner à leur
jeunesse, de retrouver au milieu des éclats d'une
autre génération leur verve éteinte, leur gaieté
morte.

Palmyre s'approcha d'un rond de danse que la
foule entourait en riant. Une femme, en toilette
de ville, se distinguait : son pied, levé longtemps,
à la hauteur de l'œil, s'agitait avec des mouvements de main, et le spectacle de ses jambes su-
perbes, enchâssées dans des bas de soie rose clair
allumait des éclairs de concupiscence dans les

yeux des spectateurs. C'était une célébrité ; on la surnommait « la miteuse », à cause de ses yeux malades.

Quand le quadrille fut terminé, les danseuses en sueur coururent aux tables, en bousculant les garçons ; et Palmyre se mit à faire le tour des galeries où stationnaient les gens « bien ». Sa toilette de velours, ses dentelles, ses diamants, son masque faisaient sensation. Elle entendit deux jeunes gens qui chuchotaient derrière elle :

— C'est une femme du monde !

L'un d'eux voulait absolument l'aborder, tandis que l'autre, plus timide, le retenait par le bras, en lui disant avec l'anxiété du pauvre :

— Non, non, il faudrait offrir du champagne !...

Cependant un audacieux à moustaches rousses se planta devant elle et lui demanda d'une voix éraillée :

— Veux-tu un bock ?...

Elle fut sur le point d'accepter ; mais, se rappelant sa position, elle trouva cet individu bien téméraire et se détourna de lui, sans répondre. Il la railla.

— En voilà une qui n'est rien fière !... Tu as tort de ne pas accepter... Il n'y en a pas beaucoup de

zigs qui t'offriront des bocks ; les robes de velours,
ça inquiète pour le déballage...

Les consommateurs des tables voisines se re-
tournaient en riant.

Palmyre reprit sa promenade et s'arrêta près
du petit billard où l'on gagne des boîtes en carton. Deux femmes, l'une en « gommeux », l'autre
en « amant d'Amanda », toutes deux avec des cols
gigantesques et des perruques Titus, étaient arrê-
tées devant le jeu. Le gommeux était une toute
jeune fille, petite, au teint verdâtre, à la bouche
mauvaise, une sorte d'avorton précoce. Comme un
homme cherchait à lui saisir le bras, l'amant d'A-
manda la prit par la taille et se mit à valser avec elle
la mazurka que jouait l'orchestre sur un rythme
caressant. Toutes deux se serraient très fort ; des
lueurs passaient dans leurs yeux fatigués, de
couleur indécise, et leurs lèvres pâles s'étiraient.

Les bourgeois les regardaient avec étonnement.

Cependant le brouhaha grandissait, le bal en
était à son plus beau moment. On bissait les figures des quadrilles dont les finales avaient des
allures héroïques. L'air était si poussiéreux, qu'à
dix pas les visages semblaient noyés dans un
brouillard ; des odeurs flottantes de parfums dé-
composés par la transpiration montaient violem-

ment au cerveau. De l'orchestre, on n'entendait
plus guère que les éclats de cuivre; la plainte des
clarinettes, le rire des flûtes, les gémissements du
violoncelle et de la contrebasse se perdaient dans
un bourdonnement.

Palmyre se sentait peu à peu griser par ce tapage, qui lui rapportait des bouffées de ses folies
d'autrefois. En même temps, une soif âcre lui des-
séchait la gorge.

Elle commanda un bock et le but toute seule;
c'était cette même bière jaune à l'écume toute
blanche, aigrelette, excitante, qui tant de fois l'a-
vait mise en gaieté...

Et elle se promenait, morne, dans la salle où
jadis éclataient ses rires provocants et sonores...
Elle marchait d'un pas ennuyé sur ce parquet
qu'elle avait foulé librement dans ses danses en-
traînantes... Elle était seule au lieu d'être entourée : voilà tout ce qu'elle avait gagné en s'élevant
sur l'échelle sociale.

Gaston, — le vrai Gaston! — passait, seul aussi,
les regards perdus, poursuivant sans doute aussi
quelque lointain souvenir. Elle l'arrêta.

— Fais-moi danser, Gaston, veux-tu?... lui demanda-t-elle.

Comme il la regardait, étonné, elle ajouta, presque priant :

— Je suis une ancienne !...

— Bah ! fit-il, montre un peu ?...

Elle l'entraîna dans un coin et souleva son masque.

Il la reconnut :

— Parbleu ! s'écria-t-il, c'est Palmyre... Ah ! ma pauvre vieille !... il n'y en a plus comme toi, parmi les jeunes.

Elle sourit, s'efforçant d'être gaie.

Il lui passa le bras autour de la taille et ils partirent. Gaston était encore un beau valseur, mais il n'était plus gai. Tout en dansant, il lui demanda :

— Ah ! çà, qu'es-tu devenue ?... on ne t'a pas vue depuis un temps !...

— Je suis mariée !...

— Mariée !... pas possible !.... Pauvre chien ! quelle bête d'idée tu as eue là !... Et tu n'es pas heureuse, hein ?

Elle soupira.

—Naturellement ! reprit-il... As-tu des mioches, par hasard ?

— Non.

— C'est de la veine !... Vois-tu, il ne faut pas se

mêler d'augmenter la population... Moi, si j'étais devenu médecin, comme ça paraissait être ma destinée, j'aurais de temps en temps évité aux bambins la peine de vivre... par philanthropie : un petit coup de forceps !... fameux service !... — Si nous nous arrêtions, dis ?... Ça m'essouffle, moi, de valser...

— Oui... Moi, ça me fait tourner la tête.

— Allons boire ?

— Je veux bien...

Ils s'assirent. Gaston était flatté des regards d'envie que ses camarades lui jetaient en passant. L'un d'eux, tout près de lui, dit à demi-voix :

— Est-il « bidard », cet animal-là !... Il n'y a qu'une femme du monde à Bullier, et c'est lui qui la fait !...

Palmyre lui raconta, en partie, ses dernières aventures. Il l'écoutait, grave. Lorsqu'elle eut fini, elle lui demanda :

— Et toi ?

— Moi ?... fit-il en cherchant... Moi ?... Mon Dieu ! il ne m'est rien arrivé !...

Et tous deux se regardèrent. Une commune tristesse leur venait. Le vieil étudiant essaya de prendre un ton dégagé.

— Allons ! c'est assez de mélancolie comme

ça !... Soyons gais, puisque nous nous sommes
retrouvés... Si nous pincions un de ces vieux
quadrilles, qu'en dirais-tu ?... C'est moins fati-
gant !...

Palmyre hésita :

— Non, dit-elle, après un moment... Je n'ose
pas... Je ne saurais plus... On se moquerait de
moi.

Alors, tristement, ils demandèrent des grogs.

La nuit était très avancée. Les musiciens ne
jouaient plus en mesure et les quadrilles gueu-
lards parvenaient à peine à faire lever encore des
jambes éreintées. La chaleur des haleines avait
achevé de vicier l'air de la salle. D'ailleurs presque tous les « personnes un peu bien » étaient
parties. Il ne restait plus que la lie des dédaignées,
se promenant comme des âmes en peine, l'estomac vide, l'œil éteint, — quelques groupes attar-
dés devant des bouteilles encore à moitié pleines
qu'on avait peine à vider,— et des bohèmes, des
noctambules sans domicile, qui s'obstinaient à
attendre là l'ouverture des brasseries pour aller
s'étendre sur le velours des banquettes.

Henriette Bedaine écrasait de son poids un étudiant imberbe, tout fier d'avoir fait sa conquête,

et qui tenait à étaler son triomphe le plus longtemps possible. Les deux bourgeois, dont l'un
avait perdu son chapeau, considérablement émé-
chés, après de perplexes promenades et de longues hésitations, finirent par se laisser accoster
par deux vagues Arlésiennes qui commençaient à
désespérer de leur souper. La salle croulait d'é-
reintement, de lassitude. Et pendant les silences
qui se faisaient par moments, on entendait le bruit
sec des jetons que les garçons comptaient sur des
plateaux.

Palmyre et Gaston étaient bien d'accord : le
passé était passé ; les jeunes ne les valaient pas.

Néanmoins ils restaient à leurs places, devant
leurs verres vides, regardant les derniers groupes
se lever de leurs tables, s'envelopper frileusement
dans leurs manteaux et monter l'escalier d'un pas
fatigué. Enfin, Gaston se décida :

— Il faudrait pourtant partir, dit-il.

Puis, comme Palmyre ne lui répondait rien :

— Tu viens avec moi, n'est-ce pas ?... Il faut que
tu lui fasses une fameuse queue, ce soir, à ton
époux !...

Elle trouva l'idée excellente, sans réfléchir
plus loin.

— Partons quand tu voudras, fit-elle...

Le lendemain, il était environ dix heures quand Palmyre revint à la maison.

Profès, rentré depuis peu de temps, l'attendait. Il lui dit avec le plus grand calme :

— Irma m'a dit où tu es allée...

Palmyre fit un geste de révolte. Il l'interrompit en reprenant :

— Oui... Irma est une fille dévouée, qui connaît ses devoirs envers moi... Eh bien ! ma petite, c'est bon pour une fois ! Si tu veux t'amuser, je ne t'en empêche pas. Mais sois convenable !... Autrement je me fâcherai !...

Et en parlant ainsi, sans violence, il lui montrait sa canne...

FIN

F. Aureau. — Imprimerie de Lagny.

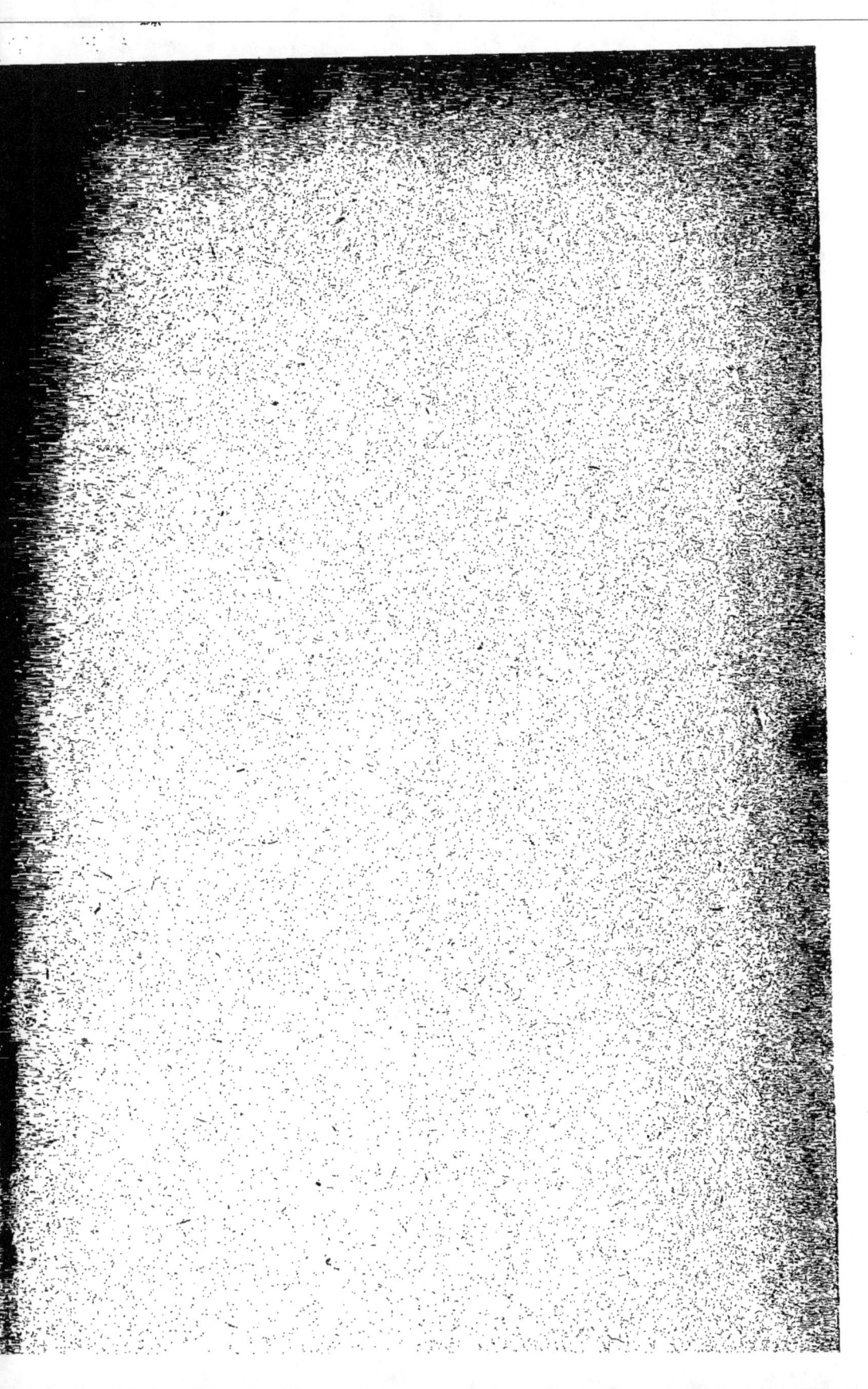

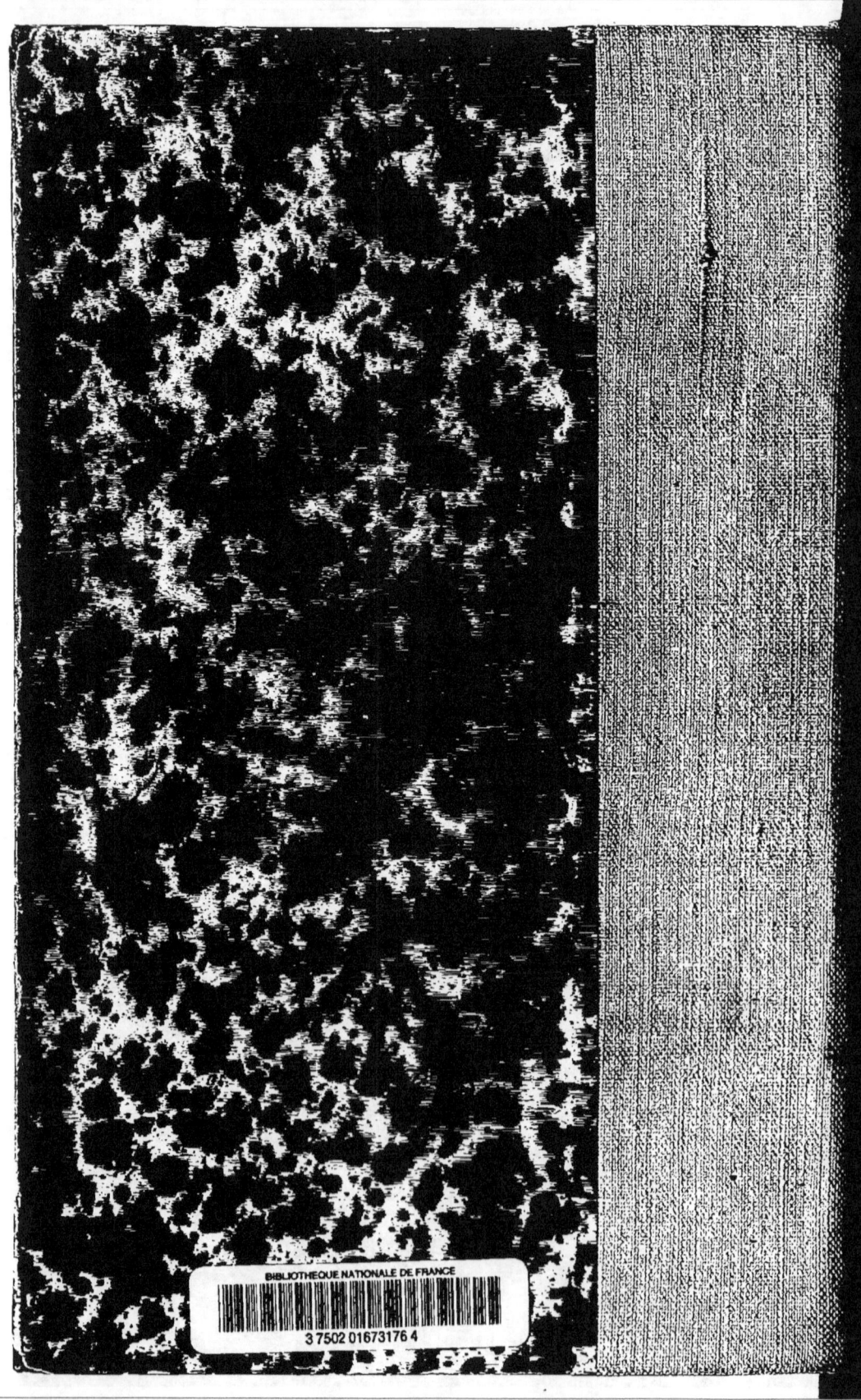